昼寝をしていた
私の膝の上
!?
なっ…
なんで知らない男の子が寝てるの!?!?
どっ…どうすればいいの…!?
—なに
もしかしてお前寝起き襲おうとしてたのかよ?
始まりはこの衝撃的な出会い——…

弱みを握られ、
俺の言うこと
なんでも聞けよ
拒否権なんて
ねーから
なぜか
言うことを聞く
ハメに――…
俺
未来から
来たんだ

口が悪くて
意地悪な君なのに――…
大切に思ってる。
花が想像するより
ずっと。
このまま
ずっと
離したくねぇな
花のことになると
抑えが
きかなくなる
私の心を
振り回す――…

これはきっと、
君がくれた
奇跡の日々の物語。
ねえ、
君が抱えている
〝秘密〟はなに――？

野いちご文庫

365日、君をずっと想うから。

SELEN

STARTS
スターツ出版株式会社

登場人物紹介

Hana Kogure

小暮《こぐれ》 花《はな》

高2。おとなしい性格で友達もいない。蓮に弱みを握られ、なんでも言うことを聞くことになってしまう。

言いなり……

初恋

Koki Tsukishima

月島《つきしま》 光輝《こうき》

中学時代は天文部で、花の初恋の人。さわやかで優しい雰囲気。

Ren Kosaka

向坂《こうさか》 蓮《れん》

見た目は怖くてチャラそうなイケメン。訳あって未来から来たらしいけど——？

Izumi Shinozaka

篠坂《しのざか》 依澄《いずみ》

蓮の中学からの友達。いつもニコニコしている。蓮の秘密を知っている。

Hikaru Morinaga

森永《もりなが》ひかる

明るい性格だけど、クラスでは一匹オオカミ。蓮と仲がいい……？

第一章

もしも君が世界に取り残されているのなら、
何度だってその手を引くから。

君に出会った日

二〇一六年四月七日。

ど、どうしよう……。

泣きそうになりながら、私の膝の上に頭《あたま》を乗せてスースーと眠る男子の顔を見おろした。

な、なんで私の膝の上で、男子が寝てるのーっ！

小暮《こぐれ》花、高二。

なかなかのピンチに直面してます……。


──事の発端は、今からさかのぼること一時間前。

学校帰り、私はいつものようにこの場所に立ち寄り、スマホを操作していた。

サラサラと風が吹《ふ》き、草が音を立てて笑う。

頭上《ずじょう》を覆《おお》うのは、ピンク色が鮮《あざ》やかな一本の桜の木。

私は街を見わたせるこの小高い丘《おか》が大好きで、今日も丘の頂上に横たわった大木の上に座っていた。

ここは私しか知らない秘密の場所。

そして、家に帰るまで時間をつぶせる場所。

今日もここで、スマホのメモ帳に文字を打つ。胸の中に秘めた思いを、吐《は》きだせない思いを、全部書きこんで。

文字を打ち終えると、私はそれを下書きとして保存した。

メモ帳には、こうしてたくさんのメモがたまっている。

すべての作業を終え、スマホをブレザーのポケットにしまうと、なんだか急激《きゅうげき》に眠くなってきた。

「ふぁぁぁ」っとあくびをひとつした私は、あらがうこともなく深い眠《ねむ》りに誘《さそ》われた。

それからどのくらい眠っていたのだろう。

「んん……」

まぶたに落ちた暖かい陽射しに、私は目を開いた。

「はぁ～、よく寝た……」

伸《の》びをしようとして、そこでふと膝に違和感《いわかん》を覚えた。

……あれ？　なんだか、膝が重いような？

そして不意に膝に視線を向けた私は、思わず絶句した。

「……っ？」

だって、私の膝の上に頭を乗せて男子が眠っていたのだから。

「え？　え？　ええっ？」

そんな私の動揺《どうよう》なんか知る由《よし》もなく、私の膝枕《まくら》でスヤスヤと眠っている男子。

な、なっ？　なんでこんな状況《じょうきょう》になってるの⁉

私が寝てる間に、この男子が膝枕をしてきたってこと？

「えええええ！」

それはなんの前触れもない突然《とつぜん》の出来事だった。まるで春風が君を連れてきたみたいに。


——そうして、今に至る。

ど、どうすればいいの……？

そろっと膝の上の彼に視線を向ける。

しかもよく見ると、怖《こわ》いよこの人……。

金髪《きんぱつ》に、耳に光るピアス、着崩《くず》した制服、黒いレザーブレスレット。

そして、きめ細かいなめらかな肌《はだ》に、すっと通った鼻筋。

眠っているのに、端正《たんせい》な顔立ちだってことはよくわかる。

とにかく、チャラチャラキラキラしてる。目立たないように生きてきた私にとっては、住む世界が違《ちが》う人。……かかわりたくない人。

真逆な性質だと思う。

〝コウくん〟とも大違いだ。

そんな私とは交わることのないような人がどうして膝の上なんかで寝てるのーっ！

もし仮にでも起こしちゃったら、どんな目にあうか。想像しただけでもゾッとする。

今すぐ逃《に》げたいけど、彼の頭を膝からおろしたら起きちゃいそうだし。

どうしたものかと、膝の上に爆弾《ばくだん》でも抱えているような心地《ここち》で思考をめぐらせていると、不意に彼の金色の髪《かみ》についていた桜の花びらが目に留まった。

あ、桜が……。

反射的に彼の髪に手を伸ばし、桜の花びらをつまんだ。

と、その時。

「ん……」

膝の上で突然彼が声をあげ、まつげが揺れた。

そして案の定、制止の念もむなしくまぶたが上がり、あらわになった茶色っぽい瞳《ひとみ》が、ばっちり私の顔を映した。

そして直後、彼は自分の方に伸びている私の手を認めた。

その視線に気づいて、私はあわてて手を引っこめる。

これじゃあ、さわろうとしてたみたい……！

「あ、あの」

私が弁明しようとする前に、彼の顔にニヤッと笑みが浮《う》かんだ。

「なに、寝起き襲おうとしてたのかよ？」

「……はっ？」

突然起きたと思ったら、なに言ってるの、この人！

びっくりしすぎて軽く思考停止。

「違う、桜の花びらがついてたの……っ。それに、そっちが私の膝の上で勝手に寝てたんじゃないっ」

やっとのことで反論するも、彼は私の言葉なんて気に留める様子もなく、手をこちらへ伸ばしたかと思うと、私の髪をすいた。

「は？　なに言ってるか聞こえねぇな」

そして彼の手が、顔の前に垂れていた私の髪を首のうしろまでよけた。

とたん、それまで私の視界をさえぎっていた髪がなくなり、彼の目と私の目とがばちっと重なった。

「やっぱ、きれいな目してる」

「……っ」

ドクンッと心臓が重い音を立てて揺れて、私は反射的に彼の瞳から逃げるように顔を背けた。

「あ、あのっ、さよなら……っ」

彼が起きあがったのと同時にそう声をあげると、スクールバッグを手に取り、彼の方を振り向かないままその場から逃げるように駆けだした。

だけど。

「待てよ」

突然背後からそう声をかけられ、なぜかその声に逆らえず、私は足を止めていた。

「〝さよなら〟じゃねーよ。〝また明日〟だろ」

……なんで〝また明日〟？

もう会わないよ。あなたと私じゃ、住んでる世界が違うんだから。

心の中でそう返し、でも彼にはなんの反応も示さないまま、また走りだした。

やっぱり、チャラチャラキラキラした人って苦手だ。

なに考えているかわからないし、さっきだって私のことをからかってたに決まってる。

……でも。

彼は私の瞳をきれいだと言った。
だけど私は、彼の瞳の方がよっぽどきれいだと思ったんだ。
これが、私にとっての君との〝出会い〟だった。

君は何者ですか？


『〝さよなら〟じゃねーよ。〝また明日〟だろ』

別れ際、あの失礼な人が言っていた言葉。

その言葉が真実になったのは、次の日のお昼休みのこと。

失礼な人――昨日のチャラチャラキラキラ男子は、私の中ではすっかりその認識で。

あの失礼な人、私と同じ高校の制服着てた。

それに学年によって違うネクタイも、彼は私と同じ二年生である赤色のものを着けてた。

ってことは、同じ学校で、しかも同じ学年。

あの人のこと、どこかで見たことあるような、ないような……。

でも今となっては、そんなことどうでもいいんだけどね。かかわりあうことなんて、きっともうないもん。

そんなことを考えながら、私はお弁当を持って廊下《ろうか》を歩いていた。

多くの生徒とすれ違うけど、ひとりとして私に用がある人なんていない。

もう二年生だっていうのに、過去に起きたある経験が災いして自分から話しかけられず、友達がひとりもできていないから。

一年生ではどのグループにも入れず、クラス替《が》えしたばかりの今だって、クラスではほとんどグループができあがっちゃっていて。

でも大丈夫《だいじょうぶ》。ひとりでも、私は、大丈夫。

自分にそう言いきかせるように、お弁当を入れたバックの取っ手をぎゅっと握る。

それより、お弁当を食べる場所見つけないとだ。

いつまでも食べる場所を探して、お弁当を持ったまま校舎をウロウロしているわけにもいかない。

どこか、静かに食べられる場所……。

あ、そういえば西側の非常階段がいいかも！　あの階段、たしかほとんど使われてないんだったよね。

よし、非常階段に行こうっ。

そう思いたった私は早速非常階段へと向かった。

予想どおり、たどりついた非常階段には生徒も先生も誰ひとりとしていなかった。

うん、ここいいかも！

歩きまわってたから、お腹はもうぺこぺこだ。
早速中段ほどのところに腰《こし》かけようと、階段へ一歩踏《ふ》み出した時だった。
——スカッ。
踏みおろした右足が着地点を見失い、空を蹴《け》った。
と、前のめりに傾《かたむ》く私の体。
「あっ……！」
お、落ちるっ！
反応する間もなく、私の体は弧を描《えが》くように宙に放り出され、階段から転《ころ》げ落ち
……て、ない？
襲いかかってくるであろう痛みを覚悟して思わずぎゅっと目をつむっていた私は、
おそるおそる目を開けた。
眼下には、階段が広がっていて。
な、なにが起きたの……？
「ったく、あぶなっかしいヤツ」
不意に耳もとで、低く、どこか甘《あま》い声が聞こえた。
と同時に、落ちるはずだった私の体が、うしろから腹部へと回された腕《うで》によって支
えられていることに気づいた。

声がした方に顔を向けると、思った以上の至近距離《きょり》で声の主と目が合い、ドキンと心臓が反応する。

ち、近い……っ。

視界いっぱいに映るのは、思わず見とれてしまうほど整った顔。

そう、私を助けてくれたのは——昨日の失礼な人。

「あ、ありがとう……」

私の足が階段を踏んで、バランスを取り戻《もど》す。

そして体が離れ、彼の方を振り返った瞬間《しゅんかん》、コツンッとげんこつが頭の上に飛んできた。

「いたっ……！」

な、なんでげんこつがっ？

頭をさすりながら顔を上げると、そこには不機嫌《ふきげん》そうな彼の顔。

「不用心すぎるだろ、ばか。四月に入ってすぐに非常階段から落ちて骨折したって話聞いてなきゃ、助けられなかった」

「……ん？」

言葉に、違和感を覚えた。

あれ？　なに言ってるんだろう、この人。

昨日といい今日といい、言ってることがよくわからないんだけど……。

「あの、あなたは……?」

頭の中を整理するように、順序を立ててひとつずつ理解しようとする。

「俺は向坂蓮《こうさかれん》」

「向坂、くん……」

おずおずと名前を呼ぶと、向坂くんは眉間《みけん》にシワを寄せた。

「名字《みょうじ》呼びかよ。なんでそんなにぎこちねぇの、花」

え?

さらっと、すごくナチュラルに、今私の名前を呼んだ。まるで、呼びなれてるとでもいうように。

そもそも、なんで私の名前を知ってるんだろう。昨日初めて会ったはずなのに。

「ねぇ、向坂くん。さっきの、骨折した話聞いてなきゃ助けられなかったって、どういう意味? それに、なんで私の名前知ってるの?」

次から次へと疑問がわいてくる。

どっちも、意味がわからないよ。

胸の中でうずく疑問をぶつけると、向坂くんはフッと意味ありげに口角を上げて笑った。

そして、ずいっと顔を私の耳もとに寄せる。
「俺の秘密、教えてやろうか」
彼の甘い声が、私の耳をくすぐった。
ひ、秘密？
私は騒《さわ》がしくなる鼓動《こどう》を感じながら、うなずいた。
なにを考えるよりも先に、体が動いていたんだ、勝手に。
秘密って、なに……？
すると口を開いた彼が、私の耳もとで秘密をささやいた。

「俺、未来から来たんだよ」

……はいっ？
彼の口から飛び出したのが、あまりにも突飛《とっぴ》な話すぎて、私の時間が一瞬止まった。
未来から、来た？
向坂くんが？　冗談《じょうだん》だよね？
だって、そんなのありえないよ……！
「まぁ未来っつっても、一年後だけど」

そんなことをさらりと言ってのける向坂くんに、ポカンと開いた口が閉まらない私。

そんな私の様子を見て、向坂くんは目を細めてけげんそうな表情をつくる。

「その顔、ぜんぜん信じてねぇだろ」

「う、うん……」

どうせ、からかってるんだよね？

どう返事をしたらいいものか戸惑う私に対して、向坂くんはイライラしている表情で小さく舌《した》打ちをした。

うぅ、怖いって……！

「めんどくせぇな。こっちは、花のことだって知ってるから。誕生日は八月十四日。大好物はメロンパン、嫌《きら》いなものはニンジン。隣《となり》の家のゴンって犬によくほえられる」

う、嘘……。

「あたってるだろ、全部」

ほら見ろって顔の向坂くんに、私は目を丸くしたまま首を縦に振る。

だって、全部あたってる。

昨日初めて会ったはずなのに。

「なんで知ってるの？　私のこと……」

「友達だから。未来——俺がいた世界では。まぁ、あっちじゃ友達になってから一ヶ月くらいしか経ってねぇけど」

　と、友達っ？　向坂くんと私が？

「で、四月に入ってすぐ弁当を食べる場所を探してる時に、非常階段から落ちて骨折したことがあるって聞いたんだよ。花から未来で」

　そういうことだとすると、さっき向坂くんが言ってたこととのつじつまが合う。

「おい、これで信じたかよ？　言っとくけど、花の連絡《れんらく》先だって俺のスマホに入ってるからな」

　腕を組み、私の顔を覗きこむ向坂くん。どうだ、これでもまだ疑うかって、挑発的な瞳で。

　今言われたことからしてみたら、向坂くんがいた世界では、本当に友達だったみたい……。

　でも、まだ全部は信じきれないよ。

　だって、こんなこと前代未聞だし。

　うらないとか幽霊とかは信じる方だけど、未来人となると私の理解の域を遥かに超《こ》える。

　だけど、なぜか彼の目が嘘をついているようには思えなくて。

「じゃあ、どうやって未来から来たの？」

「過去に戻れるように強く願ったら」

「どうして過去に戻ろうとしたの？」

「なんでそんなことまでいちいち花に話さなくちゃいけねぇんだよ」

質問攻《ぜ》めにしていると、ついに向坂くんはイライラしだした。

「ご、ごめん……っ」

うわ、怒《おこ》らせちゃった……！

怒鳴られる？　それともまさか暴力振るわれたりっ？

最悪の事態を想像して怖くなってうつむいていると、なぜか向坂くんの方からゴソゴソとポケットをさぐっているような音がして。

「月島光輝《つきしまこうき》くんへ」

突然耳に飛び込んできた聞きなれた単語に、思わず目を見開いた。

え……？

「〝いつも私に優しくしてくれたコウくん。好きです。ずっとずっとコウくんのことが好きでした。出会ったあの日から、私の王子様はコウくんだけです〟」

すらすらと向坂くんの口から発せられる言葉に、サーッと全身から血の気が引いていく。

この文章は、私しか知らないはず、なのに……。

おそるおそる頭を上げ、それを見つけた瞬間の私の顔は、たぶん絶望の色に染まっていたと思う。

だって……。

嘲笑《ちょうしょう》する向坂くんの手には、ヒラヒラと風になびく一枚の便せんがあったのだから。

「へー、ずいぶんお熱いラブレターだな」

「な、なんでそれを⁉」

私が、初恋《はつこい》の相手――コウくんに書いたラブレターを、なんでこの人が持ってるの⁉

一瞬にしてパニックにおちいる私に対して、向坂くんは涼《すず》しい顔で言いはなった。

「未来で花が落としたのを拾ったからに決まってんだろ。俺がいた世界で花は、このラブレターをスクバの中にしまってたんだよ」

今、このラブレターは私の机の中に眠っている。

だから今、向坂くんが私のラブレターを手に入れることは不可能。

……ということは、やっぱり向坂くんの言ってることは本当なの？

渡すことをやめて、行き場をなくしたラブレター。未来の私は、このラブレターをスクールバッグに入れて、どこかで捨てようとしていたのかもしれない。

でも、そんなことを悠長に考えている時間なんてない。

「か、返して……！」

今はこのラブレターを取り返す方が先決。

終止符《しゅうしふ》を打った恋とはいえ、気持ちがこもっているものに変わりはない。

取り返そうと手を伸ばすけれど、あっさりかわされる。

そして、あろうことか私の手は、いとも簡単に向坂くんの手につかまってしまった。

抵抗《ていこう》できない私にずいっと顔を近づけ、余裕ありげに口の端《はし》を上げる向坂くん。

あまりの至近距離に、不覚にも心臓が反応する。

「ふっ、俺にかなうわけねーじゃん」

「なっ……」

「花、よく聞け。このラブレターを学校に貼りだされたくなかったら、俺の言うことをなんでも聞くこと。これは契約《けいやく》だ。このラブレターを外部に漏《も》らさない代わりに、花は俺の言いなりになる」

なに言ってるの、この人！

「そ、そんなの……」

〝絶対に嫌《いや》！〟

そう言おうとしたのに、顎《あご》をクイッと持ちあげられ、挑戦的な瞳に覗きこまれた。

そして。

「拒否権《きょひ》なんてねぇから」

なんて、口答えでもしたら殺されそうな雰囲気で威圧的《いあつ》にそう言う向坂くん。

「う、は、はい……」

こんな状況じゃ、そう答えるしか私には選択肢《せんたくし》がなくて。

目の前の整った顔は、私にはもはや悪魔のそれにしか見えない。

どうしよう……。こんな怖い人の言うことを聞かなきゃいけないなんて。

いつまで？　言うことって、どんなこと？

私、一体どうなっちゃうんだろう……。

考えれば考えるほど、目の前が真っ暗になっていくのを感じた。

警戒心《けいかい》の行方

一日の授業がすべて終わり、帰るために教科書を机の上に出していると、普段はそれほど用を成さないスマホがブレザーのポケットの中で揺れた。

こんな時間に、なんだろう？

思い浮かぶのは、あの人しかいない。——向坂くんだ。

この前、向坂くんの連絡先を強引に登録させられたんだよね。

おそるおそるスマホをポケットから取り出す。

メールに記されているであろう内容は決まってる。なにかの命令に間違いない。

『俺の言うことはなんでもきけよ』

そんな向坂くんの言葉が、悪の呪文《じゅもん》のように思い返される。

まさか、お金持ってこいとか万引きしてこいとか、脅迫《きょうはく》されるんじゃや……！

どうか、怖いことが書かれていませんように！

そう祈《いの》りながらメッセージアプリを開いたけれど、そこに書かれていた内容は想像とはほぼ一八〇度違った。

『命令、一緒《いっしょ》に帰るぞ』

んんん？　一緒に帰る？　私と向坂くんが？

なんで、いきなり？

恐喝《きょうかつ》や万引きなんかよりは断然マシだけど、これはこれでいやだよ……！

だって、あんな怖い人とふたりきりになるなんて、ちょっと……。

どう返信するか逡巡《しゅんじゅん》してスマホを握りしめていると、再び手の中でそれが揺れた。

『今すぐ校門前に来い。待たせんな』

文字の並びが、なんだか怖い！　脅《おど》しにかかってるよね、これ！

もしかして迷ってるのがバレた!?

そうだ、私に悩む権利なんて最初からなかったんだ。無視でもしたらどんなことになるか。

最悪の事態を想像し恐怖《きょうふ》におののいた私は、スクールバッグを肩《かた》にかけ、校門へと全速力で走った。

「思ったより早かったじゃん」

肘《ひじ》に手をつき、ハァハァと乱れた呼吸をする私とは相反して、向坂くんは涼しげな笑みを浮かべていて。

もうっ、誰のせいでこんなに苦しい思いをしてると思ってるの！

……なんて、口が裂けても言えないけど。

「さ、帰るぞ」

「う、うん」

スタスタと歩きだす向坂くんのうしろを、戸惑いがちに追う。

本当に、一緒に帰るだけ？

じゃあなんでこんなこと命令したんだろう。荷物持ちでもさせるのかと思ったら、そうでもなさそうだし。

向坂くんの背中を見つめ、不思議に思いながら歩いていると。

「つーか、なんだよこの距離」

突然足を止め、眉間にシワを寄せた向坂くんがこちらを振り返った。

向坂くんが指摘《してき》するのも無理はない。だって、近くを歩くのがなんだかはばかられて遠慮《えんりょ》がちに歩いているうちに、向坂くんと私との間には五メートルほどの距離ができていたのだから。

「だ、だって」

「そんな怖がんなくたって、取って食ったりしねぇっつーの。なんもしねーから安心しろ」

たしかに、向坂くんは私に手を上げたりはしないとは思うけど。

「まさか、この距離保ったまま花の家まで行くんじゃねぇだろうな」

「えっ？」

おずおずと向坂くんの隣に歩を進めた私は、思わず彼を仰《あお》ぎみた。

私が足を止めたことに気づいたのか、向坂くんの足も止まる。

「いいよっ、家までなんて」

一緒に帰るって、同じ通学路のとこまでだと思ってた……。

「は？　なんでだよ。俺が送るっつってんだから、送る」

「ううん、でも、ダメ。お願い」

いくら向坂くんでも、家まではダメなの。だって……。

必死に訴《うった》えかけるような私の目と、困惑《こんわく》したような向坂くんの目が、静かにぶつかりあう。

と、その時、静止した空気を破るように、突然プルルルとスマホの着信音が鳴った。

音がしたのは、向坂くんの方から。

ズボンのポケットからスマホを取り出し、電話に出た向坂くん。

「もしもし、シノ？」

そして十秒ほど通話をしていたかと思うと、スマホをポケットにしまいながら、こちらを振り返った。

「ダチに教科書貸すの忘れてたから、ちょっと学校行ってくる」

「え?」

「すぐ戻ってくるから、ここにいろよ。いいか、動くんじゃねぇからな?」

勝手に話をつけて、今来た道を駆けだす向坂くん。

「え、ま、待って……!」

呼び止める声が、届くはずもなく。

歩道のど真ん中、ひとり立ちつくす私。

もうっ、さっきから強引なことばっかり。

結局、一緒に帰ろうって誘ってきた理由も聞きだせないまま。

待ってろ、って何分くらい待っていればいいんだろう。

私は、ため息をひとつ吐きだした。

出会ってからというもの、向坂くんに振り回されっぱなしだ。

家に来られちゃうのは、本当に嫌だから先に帰ろうかな……。絶対怒られるだろうけど、しょうがないよね。

履歴《りれき》から、向坂くんにメッセージを送る。

『やっぱり先に帰るね、ごめんね』

返信が怖いから、電源切っちゃおう。

メッセージならまだしも、電話なんてきたら怒鳴《どな》られるに決まってるし。そんなの、想像しただけで怖すぎる。

スマホの電源を切ると、私は家へと歩きだした。


それから、どれくらい歩いただろう。

春をむかえたばかりの空は、冬の名残りのせいかだんだんと薄暗《うすぐら》くなってきた。

早く帰らなきゃいけないのはわかってるけど、家への距離と反比例するように足が重くなっていく。

毎日毎日帰宅するこの道のりは、自分の心とのたたかいだ。

……帰りたくないな。

憂鬱《ゆううつ》な気持ちを抱えながら歩いていた時だった。

「ねぇ、そこのキミ、どこ行くの～？」

不意にうしろから声をかけられ、私は反射的に立ち止まった。まわりに人がいないってことは、声をかけられたのは私？

声がした方を振り返ると、そこに立っていたのは高校生らしき五人の男子。

彼らが声をかけた相手はやっぱり私だったらしく、みんなこっちを見ていて。

でも、見たこともない人たち。

カラフルな髪色のヤンキー風な出で立ちに、思わずあとずさる。

この人たちが、私になんの用……？

「キミ、すっげぇ可愛いね～」

「ちょっ、ハンパなく美人なんだけど！」

「ねぇねぇ、俺たちとカラオケ行かない？」

「あ、あの……」

気づけば、あっという間に五人に囲まれていて。

あとずさろうとしても、逃げ場がない。

どうしよう。これはまずい状況かも……。

あせりのせいか、手がかすかにふるえだす。

助けを求めようにも、あたりに通行人はいない。人の気配すらない。

怖い……。

「ほら、行こ！　カラオケ！」

私の恐怖心なんかよそに、ひとりの不良が無理やり腕を引っぱる。

「や、やめてくださいっ」

抵抗しようにも、男の人の腕力にかなうわけがなくて。

恐怖から、涙がじわりと視界を覆う。

誰か助けて……！

ぎゅっと目をつむり助けを求めた、その時だった。

「……なにやってんだよ、てめぇら」

背後から、怒気を帯びたような低い声が聞こえたのは。

この声……。

声を聞いただけでなぜか安心感があふれて、さっきの恐怖の涙じゃない、安堵《あんど》の涙が込みあげてくる。

振り返ると、やっぱり彼が立っていた。

「向坂、くん……」

「俺たちはこの子に用があるんだよ。関係ねぇヤツは引っこんでてくんねぇかな」

からかうように、薄ら笑いを浮かべる不良たち。

対して、向坂くんの顔は見たことがないほど険しくて。

「早くその手を離せよ。汚《きた》ねぇ手で花にさわるんじゃねぇ」

向坂くん……。

「おいおい、なに言っちゃってんの？」

あざ笑うようにからかう不良たちに、向坂くんは鋭《するど》い瞳を向けた。

「こいつに手ェ出されるのが、一番許せねぇんだよ」

「あ？　なめたこと言ってんじゃねぇぞ！」

私の手をつかんでいた不良がそう声を張りあげたかと思うと、突然私の手を振りはらい、向坂くんに向かってこぶしを振りかざした。

向坂くんが殴《なぐ》られちゃう……！

目の前の光景に、ぎゅっと心臓が張りさけそうになる。

だけど、向坂くんはさっと身をひるがえし、そのこぶしをかわした。

そして行き場をなくし宙を空振った不良の腕をつかむと、ぐっとひねりあげた。

「いっ、いててて！」

「これ以上痛い思いしたくなかったら、今すぐ消え失せろ。もう二度と花の前に現れんな」

誰が見ても向坂くんの圧勝だった。

不良たちがかなわないことは、明白で。

「くっ。くっそ……！」

不良たちは心底くやしそうに捨てセリフを吐くと、逃げだすように私たちの前から去っていった。

その姿が見えなくなると、はぁぁっと大きなため息を吐きながら、向坂くんがその場にしゃがみ込んだ。

「……電話も出ないからまじであせった。最近、ここらへんでタチの悪いナンパが多発してるって聞いてたから」

もしかして、だから一緒に帰ろうって言ってくれたの？

私を守ってくれようと……？

「向坂くん、助けてくれて本当にありがとう……」

すると、向坂くんがすねたような顔で立ちあがり、コツンと私のおでこを小突《こづ》いた。

「突然いなくなるんじゃねぇよ、ばか。電話出ろよ、ばーか。ったく、ほんと花のことになると気が休まらねーっつの」

「ごめん……」

そんなに心配してくれてたんだ。

私のもとに来てくれた時、肩で息を切らしてた向坂くん。それは、走って捜してくれていた証拠《しょうこ》で。

その優しさに、不覚にも目の奥《おく》がジンと熱くなる。

「向坂くん、とっても強くて頼《たの》もしかった」

あっという間に不良たちを追いはらってくれた。あんなふうに誰かに守ってもらったのは、初めてで。

すごく心強くて、あんな状況で不謹慎かもしれないけど、うれしかった。

すると、向坂くんがなんでもないことのように、ぽつりとつぶやいた。

「ま、ケンカは俺慣れてるから」

「え？」

今、さらりとすごいこと言ったよね？

ケンカ慣れてるってことはつまり、不良ってこと？

「こ、向坂くん、不良なの……？」

じゃあケンカなんて日常茶飯事？　殴ったり、蹴ったり……。

頭の中を恐ろしい想像が駆けめぐる。

「ケンカなんて、しないで……」

思わずぽろりと口をついて出ていた言葉。

「え？」

「向坂くんが傷つくの、やだよ……」

向坂くんが殴られる、さっきそう思った時、胸が張りさけそうなほどつらかった。

あの時の感覚がよみがえり、ぎゅっと胸が痛んで、うつむいていると。

すっと手が伸びてきて、大きな手が私の頭をぐしゃぐしゃーっと撫でた。

「……っ」

顔を上げると、向坂くんがぶっきらぼうに、でも温かさを持った瞳でこちらを見ていて。

「そんな顔すんなって。大丈夫、もうケンカはしねぇよ。俺がいた世界でも、花にそう言われたから」

「向坂くん……」

「まぁ、さっきみたいなのは例外だけど」

そう言って苦笑する向坂くんに、じわじわと胸の奥が温かくなってくる。未来の私が向坂くんと友達になった理由が、なんとなくわかった気がして。

口は悪いけど、それはたぶん不器用なだけなんだ。

「つーかさ、その〝向坂くん〟って呼び方やめろよ」

「え？」

さっきまでの優しい笑みはどこに行ったのか、眉間にシワを寄せ、不快感をあらわにする向坂くん。

そんなこと急に言われても！　じゃあなんて呼んだら……。

「俺のこと、〝蓮〟って呼べよ」

ええっ⁉　下の名前で呼ぶの？

男子なんて、コウくん以外、下の名前で呼んだことないのに。

しかも呼び捨てなんて、ハードル高すぎる！

「無理無理！」

「はぁ？　俺の命令に逆らってんじゃねぇよ。ほら、早く」

「うぅ、でも……」

拒否したいと思うのに、こっちを見すえる向坂くんの威圧的な瞳に圧《お》されて、私はおずおずと口を開いた。

「れ、蓮……」

たった二文字がはずかしくて、照れくさくて。

そのたった二文字に、蓮はうれしそうに耳を傾ける。

「声、ちっせぇ。もう一回」

聞こえてたくせに、意地悪。

「蓮……」

「花」

私の呼びかけに答えるように、蓮が私の名前を呼んだ。

今まで以上に優しくて、たくさんの思いが込められたような、そんな声だった。

蓮がいた世界の私も、こんなふうに名前を呼んでもらってたのかな。

名前を呼ぶのも呼ばれるのも、なんだかくすぐったい。

「おい、ニヤニヤしてんじゃねーよ」

「えっ、私ニヤニヤしてた？」

「してた」

嘘、完全に無意識だ。はずかしいっ！

ニヤニヤとだらしなく頬《ほお》をゆるめている自分の顔を想像し、ひとりで頬を赤らめていると、蓮がぽすっと私の頭の上に手を置いた。

「ほら帰んぞ。家の近くまで送るから」

家まで、じゃなくて、家の近くまでに変わった。私の意思をくみとってくれたんだ。

「うん！」

スタスタと歩きだす蓮のあとを追いかける。

その足取りは自然と軽くなっちゃって。

蓮への警戒心が、心の中でじわじわと溶けていくのがわかるようだった。

初恋と海

五月。

「テスト終わったのに、だるーい」

「校長の話長いんだよね～」

テストが終わり、体育館へ移動の時間になると、教室がクラスメイトの不満の声であふれかえった。

なぜなら、これから体育館で全校集会があるから。

終わり次第下校になるんだけど、この全校集会がなかなか長くて。

でもがんばれ、花。あとちょっと！

テストで疲《つか》れきった自分を鼓舞《こぶ》しながら、クラスメイトに遅《おく》れをとらないよう、教室うしろのドアから廊下へ出た、その時。

それは、突然だった。

うしろから伸びてきた何者かの手にぐいっと腕をつかまれ、私の体は動きを止めていた。……正確には、止めさせられていた。

「つかまえた」

聞きなれてきた、どこか甘さを含んだ声。

振り返らなくてもわかる。

「蓮っ？」

腕が伸びてきた方を見あげれば、やっぱり蓮が立っていて。

「抜《ぬ》けだすぞ」

ニヤッと口の端をつりあげた蓮。

「えっ、抜けだすって……」

なんだか嫌な予感。絶対なにか企《たくら》んでる笑顔だ。

「どうせ集会なんか行っても暇《ひま》してるんだろ。だったら俺に付き合え。言っとくけど、もう決定事項だから」

「でも、って、わっ！」

思わず大きな声を出しちゃったのは、蓮が私の腕を引いて駆けだしたから。

ためらう間もなく、ずんずんと引っぱられていく。

「ま、待ってよーっ」

「待たねーよ」

私の意見なんかまるで無視で、やっぱり強引。

授業じゃないとはいえ学校をサボるなんて、したこともしようとしたこともない。

だから、なんとかして拒《こば》めばよかった。

でも、蓮の大きな手を振りほどけなかった、ううん、振りほどこうとしなかったんだ。

それは、蓮の誘いを断るつもりのなかった証拠。


やっとのことで蓮が足を止めたのは、駐輪場《ちゅうりんじょう》。

私の腕をパッと離すと、おもむろに一台の自転車にまたがった。

「うしろに乗れよ」

そう言って蓮が顎で雑に示したのは、自転車の荷台。

乗るって、ふたり乗りするってこと⁉

「ムリムリ！　私、ふたり乗りなんてしたことないもん！」

あぶないし、そもそもふたり乗りって禁止だし。

「ごちゃごちゃうっせーな。いいから乗れよ」

「うぅ……」

なんでこういっつも、脅迫《きょうはく》するスタンスかなぁ。

しぶしぶうしろに乗った、のはいいものの……手ってどうすればいいのっ？

蓮につかまるべきだけど、そんなこと緊張《きんちょう》してできないし！

手の行き場が見あたらず逡巡していると、不意にその手を前からグッとつかまれた。

そして、否応なく蓮の腰に回される私の手。

「花の手はこっち。あぶなっかしいんだから、つかまってろ」

「……っ」

腕を引かれたせいで、突然ゼロになった蓮との距離に、ドキンと心臓が跳《は》ねる。

急にそんなことやられると、心臓に悪いってば！

でも、迷いもためらいも一瞬にして蓮が払拭《ふっしょく》しちゃった……。

「振りおとされんなよ」

「う、うん」

動きだす自転車。

とたんに、心地よい風が髪を撫でていく。

「わー！　きもちーい」

さっきまであんなに怖かったはずなのに、あっという間にそんな恐怖心はどこかに飛んでいき、思わずはしゃぎ声をあげてしまう。

「ふふっ、楽しいー！　自転車の荷台ってこんなに気持ちいいんだ！」

「だろ？　花、喜ぶだろうなって思ってた」

「すっごく楽しいよ、蓮っ」

笑顔で声を弾《はず》ませてそう答えると、蓮の肩の力がフッと抜けたのがわかった。

「やっとうれしそうな声聞けたな」

「え？」

思わぬ言葉に笑みが消え、鼓動が揺れる。

「花、なかなか声出して笑わねぇから。俺がもといた世界でも、今も。ったく、そんな暗い顔されてると、こっちまで鬱になるっつーの」

「蓮……」

また、優しさが見えた。そんなこと気にかけてくれていたなんて。

ぶっきらぼうな蓮が垣間見せる優しさに触れるたび、言いようのない温かさが心を包みこむ。

「もっと飛ばすか？」

静寂《せいじゃく》を切り裂くように、蓮が明るい声をあげた。

「うんっ」

蓮の背中につかまっていると、体温が直《じか》に伝わってくる。

蓮の背中、大きくてなんだか安心するなぁ……。

見た目は細いのに、その背中には男子であることをあらためて実感させられる。

蓮を近くに感じるたびに、心臓の動きが騒がしくなるのはなんでだろう……。

「そーいえばさ」

自転車を走らせながら、不意に蓮が話を切りだした。

普通じゃない心臓の動きに思いをはせていた私は、ハッと我に返り、あわてて聞き返す。

「なに？」

「ラブレターの相手、月島、だっけ。そいつのどんなとこが好きなんだよ」

「えぇっ？」

なんでいきなりそんな質問⁉

そんな不意打ちで、しかもどストレートに初恋話を聞かれたことなんてないから、どう答えたらいいかわからない。

そもそも、コウくんへの気持ちはもう終わったことにしている。

「コウくんのことはあきらめたって、未来で私から聞いてるでしょ？」

「知ってるけど、好きだったのは事実だろ」

「そ、それは……」

「なんだよ、花のくせに俺に隠《かく》しごととかするんだ？　ラブレター見られてんのに、隠すようなことでもなくね？」

たしかに、言われてみればそうだ。

しょうがない、これはもう腹をくくって打ち明けるしかないか。

「好きになったきっかけは、まだ私が五歳だった時なんだけどね」

「え、そんな昔なわけ？」

「うん」

蓮に話すために、私は何度思い返したかわからないあの日に思いをはせた。

もう十一年前になるけれど、今でもあの日のことだけは鮮明《せんめい》に覚えている。

あれは、桜が満開に咲きほこる四月のことだった。


私はひとり、家の近くの公園でブランコに乗っていた。

一緒に遊んでいた友達が帰ってしまい、ブランコに乗っているのにも飽《あ》きた私は、帰ろうとして立ちあがった。

その時、急に感じた体の異変。

ぐわっと視界が揺れて、倒《たお》れるように私は地面に崩れ落ちた。

ど、どうしたんだろう……。

起きあがらなきゃ、そう思うのに体は動いてくれなくて。

この時、私は流行り病に罹《かか》って、熱を出していたんだ。

自分のものとは思えないほど重くだるい体と息苦しさに、涙がじわじわ視界を覆う。

このまま、おうちに帰れなくなったらどうしよう。このまま、しんじゃったらどうしよう……。

次々と浮かんでくる不安に心が覆われそうになった、その時だった。

『大丈夫っ……？』

突然降ってきた声に、私は重い視線をゆっくりとそちらに向ける。

そこには、黒のキャップをかぶった同年代くらいの男の子が立っていた。

花のこと、たすけてくれるの……？

なぜかはわからないけれど、男の子の姿は心強く見えて。

安堵にも似た感情を覚えた次の瞬間、私は意識を手放した。

次に覚えているのは、目を覚ました時のこと。私は男の子におぶわれていて。

状況を理解できず、まだふわふわしている頭で、目の前の男の子のキャップを見つめた。

『あれ、花、どうして……』

『熱を出して、寝ちゃってたんだ。君の家まで送ってくよ。あの高台に住んでる子だよね？』

私をおぶってくれている男の子が、そう言った。

『なんで知ってるの？』

『ここら辺で遊んでた時、あの坂をのぼってる君を見かけたことがあるから。あの先、家は一軒しかないし』

男の子が歩くたび、心地よい振動《しんどう》が体をかすかに揺らす。

男の子の背中は、優しくて温かったのを覚えている。

そして私に向けられる声は、混乱しきった心を安心させてくれた。

『おなまえは、なんていうの？』

『コウ』

『コウ、くん……。おんぶしてくれて、ありがとう。花、おもくない？　つかれない？』

『ぜんぜん』

『花、しんじゃわない……？』

『大丈夫、君のことは僕が助けるから。ぜったいに助けてあげるから』

また、涙がじわっと込みあげてきた。さっきの不安の涙なんかじゃなく、安心とうれしさからの涙。

悲しい時以外にも涙は出てくるんだって、この時初めて知ったの。

――これが、コウくんとの出会い。

意識が朦朧《もうろう》としてきてしまったせいで、そのあとのことはよく覚えてない。

次に目を覚ました時にはもう家にいて、コウくんの姿は見あたらなかった。

〝コウ〟

わかったのは、この名前だけ。

「それでもね、私あの時たしかに、コウくんに恋に落ちたんだ」

「……」

「って、蓮ってば、なんで黙《だま》ってるの！　ひとりでしゃべってはずかしいんだけど！」

「花がベラベラしゃべりまくるからだっつーの。……ばか、ほんとばーか」

ひ、ひどい！　蓮が話せって言ったんじゃない……！

それなのに、ばかってどういうことっ？

プンスカ怒っていると、不意にある疑問が浮かんだ。

「あれ、でも、コウくんと出会った時の話、もといた世界で私から聞いてなかったんだ？」

蓮がいた世界では私、蓮になんでも話してる感じだから、その話もてっきりしてるかと思ってた。

「いや、初耳。月島と中学が同じだったってことしか聞いてねぇし」

「そう、中学で見つけたんだよね、ふたつ先輩《せんぱい》のコウくんのこと。助けてもらった時顔は見れてなかったけど、コウくんの優しそうな雰囲気と名前ですぐわかった」

「へー」

「コウくんと同じ部活に入って、仲よくなって。……だけど、コウくんにはほかに好きな女の子がいた」

部活帰りに偶然見ちゃったんだ。コウくんが、同じ部活の女子とキスをしてるとこ。

——中一の秋、私は失恋《しつれん》した。

あの日、コウくんへの気持ちは、渡すはずだったラブレターとともに胸の奥に封印《ふういん》した。

でも、なんとなく心にしこりが残っている気がするのは、コウくんがなんの前触れもなく引っ越してしまい、連絡がつかないままでいるからだと思う。

コウくんは引っ越すことを私に言ってくれなかった。

そのことを知ったのは、コウくんが引っ越してしまった次の日。

コウくんは今、どこにいるんだろう。

「十一年前のこと、月島はなんて?」

「話してないんだ、そのこと。きっと、覚えてるのは私だけだろうから」

「ふーん。でもさ、無理に自分の気持ちにケリつけることないんじゃねぇの。相手に好きなヤツがいようが、思う気持ちは勝手だろ」

「え？」

降りそそぐ日の光に反射してキラキラと光る蓮の金色の髪を、まじまじと見つめる。

ねぇ、蓮。それって、もしかして、もしかしなくても励《はげ》ましてくれてる？

「応援《おうえん》、してくれてるの？」

「おー、感謝しろよ」

おずおずたずねると、蓮がぶっきらぼうに言い返してくる。

自転車をこいでいるその表情は、うかがい知ることはできないけど。

今どんな顔してるんだろう、蓮。私はね、笑顔がこぼれちゃったよ。

「蓮、ありがとうっ」

初恋のこと、誰かに話すのは初めてだった。

でも、蓮には話してよかったって、心からそう思えるよ。


そして、自転車が走ること十分。

「うっわー！　すごい！　海だー！」

目の前に広がっているのは、キラキラときらめく海。

蓮が連れてきてくれたのは、海だった。

「ここ、意外と知られてない穴場なんだよな」

たしかに、私たちのほかに人は誰もいない。それが余計に開放的で。

「海に来たのなんて、何年ぶりだろう！　ワクワクする！」

「ふっ、はしゃぎすぎ。ガキかよ」

目を輝《かがや》かせ海に駆けよる私を見て、自転車にもたれながら苦笑する蓮。

だってだって、はしゃがずにはいられないよ。こんな素敵《すてき》な場所に来られるなんて。

高校からそう遠くないこの海に、放課後誰かと行くのが、密かな夢でもあった。

「きれいだなぁー……」

太陽が反射して宝石のように輝く水面を見つめていると、隣でジャブジャブと水が音を立てた。

見れば、蓮が海の中に入っていったところで。

「つめてー」

いつもより弾んだ蓮の声。

蓮も楽しそうだなぁ、なんて微笑《ほほえ》ましく見つめていた、その時。

――ビシャッ。

突然、派手な音を立てて水が顔面に直撃した。

「……」

波のせいなんかじゃない。犯人は……。

「れーんー……っ」

顔にしたたる水をぬぐいながら怒りの声をあげると、してやったり顔で笑ってる蓮。

「ぼーっとしてる方がわりぃんだよ」

「もう、許さないんだからーっ！」

余裕ありげな蓮に、水をかけて反撃する。

すると水は見事、蓮の顔に命中。

やった、あたったー！

「うわ、やったな」

濡《ぬ》れた前髪から覗く蓮の瞳が、不敵に輝いた。

蓮の戦闘モードにスイッチが入り、倍返しの水が容赦《ようしゃ》なく返ってくる。

よけきれず、髪に水がまるまる直撃。

「きゃあっ、もう蓮かけすぎーっ」

「この俺に逆らうからだっつーの」

べっと舌を出す蓮。

なんだか、笑顔になっちゃうな。

「もう！　ふふっ」

小学生みたいに水かけ合戦をした結果、終わった頃にはおたがいビショビショになっていて。

「あー、久しぶりに遊んだ」

「いっぱいはしゃいじゃったなーっ」

私たちは、水かけ合戦のせいで濡れた髪と制服を乾《かわ》かしがてら、砂浜《すなはま》に並んで座り海を眺めた。

「ねぇ、蓮？」

話を切りだしたのは私。

なぜだか、蓮が隣にいるのに静寂がもったいなくて。

「ん？」

「未来からタイムスリップするって、どういう感じなの？」

隣に座る蓮に目を向けると、蓮は海を見つめたまま、なんてことなしって感じでつぶやいた。

「そーいや、二十年後に行ったこともある」

「ええっ？」

に、二十年後!?

そんなすごいことを、コンビニに行ってきたみたいな軽いノリで言われても……。

未来って、簡単に行けるものなの？

蓮がいた未来のことを聞こうとしたのに、まさか二十年後の話が飛び出すなんて。自分から質問しておいてなんだけど、目の前で起きてるありえなすぎる現実に、あらためてびっくりしちゃう。

すごすぎるよ、未来にも過去にも行けるなんて。

「二十年後、どうなってた？」

怖いけど、聞かずにはいられなかった。

私に二十年後なんて、あった……？

膝を抱える手に、自然と力が入ってしまう。

そんな私の耳に届いたのは、蓮が紡いだまっすぐで揺るぎない声。

「花は二十年後、月島と結婚《けっこん》してた」

「え……？」

「すっげぇ幸せそうにしてたよ、花」

そうつぶやき、蓮が一瞬目を細めた。

あまりにも短すぎてしっかりは見られなかったけれど、それはたしかに優しい微笑みだった。

「そう、なんだ」

突然知った自分の意外すぎる未来に、バクバクと心臓がざわめきだす。

コウくんと私が、結婚……？

いつか再会するんだ、私たち。

終わったはずの初恋。だけど、そんな未来が待っているなんて……。

「蓮は？」

「え？」

「蓮は二十年後、どうなってた？」

蓮の二十年後も気になる。どうなってるんだろう。

首をかしげ、蓮を見つめる。

だけど視線は交わることなく、蓮は海を見つめたまま口を開いた。

「んー、俺はサラリーマンになってた」

「サラリーマン？」

嘘、なんか想像つかない！　金髪の蓮が、二十年後に？

「意外だなぁ、蓮がサラリーマンだなんて」

「普通が一番幸せだろ」

海に向かって発せられた言葉には、どこか説得力があって。

そっかぁ、たしかにそうだね。

「蓮、幸せそうだった？ 可愛い奥さんと娘がいて」

「幸せそうだったよ。可愛い奥さんと娘さん……。

可愛い奥さんと娘さん……。

今こんなにすぐ近くにいる蓮が、二十年後は違う人と結婚してるんだ。

それは、私と蓮、それぞれが違う人生を歩んでいくってことで。

あれ、なんでだろう。胸がかすかにモヤモヤしているのは……。

自分の気持ちを見つけられず、違和感を覚えていた、その時。

――コテン。

不意に、肩に重さと熱が乗った。

潮風に乗って、甘い香《かお》りが鼻をかすめる。

「え？」

気づけば、隣に座っていた蓮が頭を横に倒し、私の肩にもたれかかっていた。

な、なんで肩に頭乗せて……⁉

しかも、近いよ……！

「れ、蓮、あのっ」

「うるせーな。疲れてるんだから、黙って肩貸せよ」

「で、でも」

「動くな、命令」

「……っ」

だって、こんなことされたら普通じゃいられない。

蓮の体が、体温が、近すぎて、鼓動が騒ぐ。

まるで全身の熱が、蓮の頭があたっている肩に集中してしまったみたいだ。

ちらりとななめ下に視線をやると、至近距離で蓮のきれいな肌が視界に映り、あわててふいっと顔を背ける。

どうしよう、心臓がうるさい。

蓮との近すぎる距離に、過剰《かじょう》すぎるくらいに反応してる私の鼓動。

なんでこんなにドキドキしてるんだろう。

なんでこんなに心が乱されてるんだろう。

今にも破裂《はれつ》してしまいそうなこの心臓の音が、どうか海にさえぎられて蓮に聞こえていませんように……。

近づく距離

翌日。
登校し、下駄箱《げた》にローファーをしまいながら、私は昨日へと思いをはせていた。
まぶたの裏には、キラキラ輝く海が映しだされている。
海を見つめる私の隣にはもちろん、蓮がいて。
海、楽しかったなぁ。あんなにはしゃいじゃったの、久しぶり。
また行きたいなんて、そんなことまで考えてしまう。
蓮も、同じこと思ってくれていたらいいな……。
「……い、おい」
「わっ！」
低くて、それなのに透《す》きとおった声が突然私の思考をさえぎり、耳に届いた。
完全にぼーっとしてたから、不意を突《つ》かれ、思わず大声をあげる私。
何事かと顔をあげると、下駄箱に手をつき不服そうな表情を浮かべる蓮がそこにいた。

「蓮っ」

「なに俺のこと無視してんだよ」

「ご、ごめん……っ」

蓮のこと考えてたら、まさか目の前に本人が現れるなんて。

朝から心臓に悪いよ。心拍数《しんぱくすう》上がっちゃったし……。

「俺より優先する考えごとってなんだよ。ぼーっとして、朝っぱらからやらしい妄想《もうそう》でもしてたんじゃねーだろうな」

「も、妄想じゃない！　ちょっと考えごとしてただけ」

蓮のこと考えてたなんて、そんなこと口が裂《さ》けても言えないから、必死にごまかす。

「ふーん？」

まだ不服そうな様子を残しながらも、じーっとこっちを見ていた蓮は上体を少し上げた。

なんとかごまかせた、かな？

「ま、今回は許してやる。でも次俺のこと無視したら、どうなるかわかってるんだろうな」

唇《くちびる》の端をつりあげた蓮の目が、ギロリと不敵に光る。

これは、次無視なんてしたら、間違いなく無事じゃいられない。

「返事は?」

「は、はい……っ」

おびえながらも声をしぼりだすと、蓮は満足そうな笑みを浮かべた。

「ん、いい返事だ。授業中ぼーっとして、怒られんなよ」

からかうような言葉を残して、返事をしようとする前に、私の横を通りすぎようとする蓮。

と、すれ違いざま。

「昨日、楽しかった」

私にだけ聞きとれるくらいのつぶやきを、こっちを見ずに私の頭をぽんぽんと撫でながら、独り言のように放った。

さりげなさすぎるつぶやき。

でもそれはたしかに聞こえた。

頭に触れたその手は、温かくて大きくて。

「……っ」

一瞬、自分の心臓の音が聞こえなくなった。

直後ざわめきだす鼓動。

私も、言わなきゃ。思ってること、感謝の気持ち。

ぐっと握りこぶしをつくると、蓮の去っていった方を振り返り、大きく息を吸いこんだ。

「あのね、私もっ。私も楽しかった、ありがとう……！」

蓮の背中に向かって放った声は頼りなかったものの、蓮にはちゃんと届いたようで、蓮はこちらに背を向け歩いたまま「了解《りょうかい》」とでもいうように片手を上げた。

そのうしろ姿を、思わずぼーっと見つめる私。

蓮に伝えようとして、昨日の夜鏡の前で何度も練習してた言葉、先に言われちゃった。

でもうれしいよ。同じこと、思ってくれてたなんて。

誰かと同じ気持ちになれるって、こんなにも幸せなことだったんだ。

手が置かれた頭に触れてみる。

蓮の手、おっきかったなぁ……。

また、心臓がうるさい。

でも私の場合、そんな幸せな気持ちが長続きするわけもなく。

早速、その日の放課後。

「小暮さん、これよろしくね」

満面の笑みの先生が、私の机の上にドサッと大量のプリントを置いた。

「え、あの、これ」

「小暮さんがやってくれるなんて助かるわー！　今日はどうしてもはずせない大切な用事があって、もう帰らなきゃいけなかったから。いつもいつも手伝ってくれて、本当頼りにしてる！」

早口でまくしたて、私の問いかけすらあっさりかきけしてしまう。

私の担任の先生は、まだ三十代前半。いつも元気で常に笑顔を絶やさない。

そんな先生が手伝ってって言うのなら、手伝わないわけにはいかない。力になりたいし！

だけど、このプリントの量は……。

「右上を五枚一セットでとじてくれるだけでいいの。ね？　簡単でしょ？」

そう言われると、簡単に思えてくる。

だけど、なんといっても朝礼で全校生徒に配られるプリントだから、量が尋常《じんじょう》じゃない。

机の高さと合わせると私の身長くらいはあるんじゃないかってくらい高く積みあげられたプリントのタワーを、椅子に座ってあっけにとられながら仰いでいると、突然かん高い音を立てて着信音が鳴った。

それは先生のスマホのものだったらしく、スカートのポケットからスマホを取り出し、ディスプレイを確認した先生の目が、一瞬キラッと輝いた。

だけどそれを隠すように咳《せき》ばらいをして、また私に視線を向ける。

「終わったら教卓《きょうたく》の上に置いてくれればいいわ。じゃあよろしくね、小暮さん」

そう告げると、私が答える間もなく軽やかな足取りで教室を出ていってしまった。

一瞬見えた先生のスマホのディスプレイには、メールの送信者だろうか、『ダーリン』の文字が表示されていた。

先生の彼氏さん、からの連絡だったのかな？　先生、うれしそうだったなぁ。

そんなことを頭の片隅《かたすみ》で考えながらも、やっぱり私の思考を満たすのは、目の前のこのプリント。

これ……終わる？

誰か、ちょっとでもいいから時間ありそうな人いないかな。

助けを求めるようにあたりを見回すけど、教室に残っていた数人のクラスメイトからはことごとく目をそらされてしまう。

ふぅ、しょうがない。ひとりでやるしかないよね。

先生から授業終わりに呼び出されて頼まれたとはいえ、引きうけたのは私なんだから。人からなにか頼まれたら断れなくて。

よし、やるっきゃない！

覚悟《かくご》を決め、私はプリントをとじ始めた。

だけどこの膨大《ぼうだい》な量は、そう簡単にとじ終わるはずもなく。

気づけば、教室には私ひとり。ううん、教室どころか、校舎棟《とう》には私の教室にしか電気が点いていない状況になっていた。

日も暮れ、窓の外は真っ暗。

今まで没頭《ぼっとう》してたからぜんぜん気づかなかったけど、まさかこんなに時間が経っていたなんて。

一旦気づいてしまうと、まわりの暗さが気になってしまう。

おばけとか幽霊とか出そう……。

考えちゃいけないって思うと余計に、怖い想像ばかりが頭の中を駆けめぐる。

未来人だっているんだから、幽霊だってきっといるよね……。

背筋をツーッと悪寒が走る。

どうしよう、怖くなってきちゃった……。

不意に蓮の顔が頭に浮かんだ。

急に心細くなって、スマホを握りしめる。

考えれば考えるほどこの状況にたえきれなくなって、無性に声が聞きたくなって。

助けを求めるように、私はふるえる指で着信履歴から電話をかけた。

どうか、出てくれますように……！

願いに応えるようにコールの音が途絶えたかと思うと、電話の向こうから、『花？』と私の名を呼ぶ蓮の声が聞こえてきた。

電話に出るなり名前を呼んでくれるその声に、一瞬にして安心感を得る。

蓮、だ……。

こわばっていた肩の力がすっと抜けるのを感じる。

「もしもし、蓮？」

『おー。めずらしいじゃん、花から電話なんて』

電話を通して聞こえてくる蓮の声は、いつもよりこもって聞こえて、遠くにいるはずなのに近くに感じる。

蓮の声、好きだなぁ。

「蓮、なにしてたの？」

『今？　今なら、家でゴロゴロしてた。花は？』

「私は学校にいるよ」

『ふーん？　でもどうしたんだよ、急に電話なんて。なんかあった？』

「……っ」

いつものぶっきらぼうな言い方とは違う、私を心配してくれているかのようなおだやかで真剣《しんけん》な声に、ピンと張っていた気持ちがゆるんでしまう。

だけど、だからこそ。

〝怖い〟

喉《のど》もとまで出てきたその言葉が、口から出るのを拒んだ。

蓮に迷惑かけたくない、そう思っちゃったんだ。

「ううん、なんでもないっ！　なんとなく蓮の声聞きたくなっちゃっただけ」

『花？』

「急にごめんね！　……じゃあ！」

蓮の反応を待つ前に、私は一方的に電話を切った。

再び静寂が訪れるなり、スマホを持っていた手をガクンとさげ、うなだれる。

あぁもう、なにしてるんだろう。急に電話して、それを勝手に切るなんて、迷惑もいいところだよね。

でも、こうすることしかできなかった。怖いなんて甘えちゃ、蓮を困らせるだけだから。

ぎゅっとこぶしを握りしめて自分を奮いたたせ、もう一度プリントの束と向きあう。

怖いことは忘れて、今はとじ終えることに集中しよう。

と、自分を鼓舞するものの。

しばらく経った頃、パッチンパッチンとホチキスを留めていると突然、教室のうしろに設置された用具入れの方から、ガシャンとなにかが倒れる音がした。

サッとそちらを振り返り、肩を縮こまらせる。

こ、今度はなにっ……？

背中にじわりと嫌な汗《あせ》をかき、バクバクと心臓が騒ぎ始めた。

机の上には、プリントがまだ残っていて。

まだ、終わらないのに……！

恐怖から、涙がじわっと浮かぶ。

と、その時。突然、机の上に置いていた私のスマホが鳴った。

着信を知らせるディスプレイに表示された名前は、蓮だ。

蓮から電話？　なんで……。

下唇を噛《か》み、がんばって涙声が出ないように努めながら、私は電話に出た。

「もしもし、蓮？　どうしたの？」

『どうしたのじゃねぇよ。さっき、花の様子おかしかったから』

「……っ」

ばれ、てた？

「そんなことないよ。私元気だし！　ぜんぜん大丈夫！」

無理にでも明るい声を出そうとする。蓮のこと、心配させたくないから。

すると電話の向こうから、私の声とは相反して冷静な声が聞こえてきた。

『そのツラのどこが大丈夫なわけ？』

「え？」

蓮の声が二重に聞こえる。

なんで……？

反射的に私は、教室の入り口の方に視線を向けていた。

と、その瞳は見ひらかれ、危うくスマホを落としそうになる。

だって、そこにはドアにもたれかかるようにして立つ蓮の姿があったから――。

「れ、ん……」

どうしてここにいるの……？

椅子に座ったまま状況を理解できず固まっている私のもとへと歩いてくる蓮。

そして。

「泣いてんじゃん」

蓮の細くて長い指が、私の頬に伝っていた涙をそっとぬぐった。

それから机に手をつき上体を曲げ、なにも反応できないでいる私の瞳をまっすぐに見すえた。

「あのさぁ。俺の許可なく強がんじゃねぇよ」

「……っ」

ねぇ、蓮。これも〝命令〟？

優しすぎる命令に鼻の奥がジンと痛み、私は言葉をつまらせた。

「その下手くそな空元気《から》でだまそうなんて、俺をなめんな、怖がり花。バレバレだっつーの」

「な、んで……」

やっとの思いで口から出たのは、たったひと言。

なんでいつも助けてくれるの？

なんでそんなに、弱ってるところを突いてくるの？

なんで私をわかってくれるの？

私が怖がってたのがわかったから、わざわざここまで来てくれたの？

疑問ばかりがわいて答えを見つけられないでいる私に、蓮は揺るがない瞳でまっすぐな言葉をくれた。

「だから無理して笑うんじゃねぇよ。俺は、花にそんな顔させるために未来から来たわけじゃねぇから。花が甘えるために俺がいちゃいけねぇのかよ」

「蓮……」

蓮はいつも心ごと助けてくれるから。

だから泣きそうになる。

私に、そんなふうにしてもらえる価値なんてないのに。

だって蓮になにも返せてないよ？

心に浮かぶたくさんの言葉は、やっぱり声にならず。

「蓮、ありがとう……。助けてくれて、ありがとう……」

伝えたいことはいっぱいあるはずなのに、涙に阻《はば》まれてしまい、いつもより小さい声で言葉にできたのは、感謝の気持ちだけ。

だけど、蓮は優しく笑ってくれるんだ。

「ん」

そして蓮は上体を起こすと、机の上に置かれたプリントに視線を向けた。

「これ、どうやんの？　やり方教えろよ」

「え？」

ぱちくりと目をしばたかせ、蓮を見つめる。

もしかして……。

「手伝って、くれるの？」

「ふたりでやった方が早いじゃん」

さも当然とでもいうように、プリントを手にする蓮。
もう、なんでこんなに優しいのかな。
私がいつまでも泣いてちゃダメだ。
制服の裾《すそ》で涙をぬぐい、私は蓮にとじ方の説明をするために立ちあがった。

そして、三十分後。
教室の掛《か》け時計が七時をまわった頃、ようやくすべてのプリントをとじ終えた。
施錠《せじょう》時間は七時半だから、なんとかギリギリ。
「はぁー、できたー！」
机の上には、とじ終えたプリントが山積みになっている。
「やっと終わったな」
私が伸びをしていると、隣の席に座っていた蓮も腕を伸ばした。
蓮のおかげで作業がとってもはかどった。蓮さまさまだね。
そうだ、机の上から教卓にプリントを移動させなきゃ。
思いたった私は、プリントのタワーを教卓へと運ぼうと持ちあげる。だけど。
お、重い……！
思った以上にそれはずっしりと重量感があり、数歩歩いた私は思わずプリントを持ったままよろけた。

「きゃっ」

――と、バランスを崩した私の背中をふわっと抱きとめる体。

振り返らなくてもわかる。それは蓮の体で。

「……あぶねー」

「あ、ありがとう……っ」

蓮の甘い香りと、見た目以上に強い体に包まれて、心臓が早鐘を打つ。

「ったく、そんなフラフラして大丈夫かよ」

そう言って蓮はなんでもないように苦笑するけど、私はそれどころじゃない。

ダメだ、この状況は心臓がこわれちゃう！

あわてて体勢を整えて蓮から離れ、教卓にプリントを置いた。

蓮といると心臓に悪いよ、ほんと……。

騒がしい鼓動が体中に響きわたる。

だけど、蓮はというと。

「もう暗いし、送るから」

もうすでに話題を切り替え、これっぽっちも気にしていないみたいで。

ちょっと拍子抜けしちゃうけど、そんなことより今は。

「蓮」

スクールバッグを肩にかけ、ドアに向かって歩きだそうとする蓮の制服の裾をきゅっとつかんだ。

「花？」

引きとめられてこちらを振り返った蓮を見あげる。

「蓮、ありがとう」

「なんだよ、急にあらたまって」

苦笑する蓮。

でもね、まだ言えてなかったから。言葉にして伝えなきゃと思ったの。

「未来から来てくれてありがとう。私と出会ってくれてありがとう」

「花……」

蓮が、少し目を見ひらいた。

蓮がいた一年後では、私と蓮は出会って一ヶ月だって言ってた。

つまり、この五月にはまだ出会っていなかったってことで。

自然に心からの笑みがこぼれ、それを蓮に向ける。

「私ね、蓮と出会って笑顔が増えたんだよ。一日でも早く出会えて、本当にうれしい。ありが……」

私の声が、ぷつんと途切れた。

なぜなら、蓮の指が私の顎をくい、と上げたから。

否応なしにかちあう瞳と瞳。

いつもと雰囲気の違う蓮に、私の顔から笑みが消えていく。

「え？　れ、蓮……っ？」

「黙って」

近づいてくる蓮の顔。

私を見つめるその瞳は真剣で、いつもより熱を帯びていて。

こ、これって、き、キス……⁉

形のいい唇が迫《せま》ってくる。

唇に、ふ、触れちゃう……っ。

緊張とパニックで目をつむった時。

——むぎゅっ。

唇に覚悟していた感触《かんしょく》はなくて。

その代わりなぜか、両頬をつままれていた。

「……へ？」

「ばーか。花ちゃん、そんな無防備だと簡単に奪《うば》われんぞ、ここ」

そう言ったかと思うと、蓮の白い指の腹が私の唇にぷくっと触れた。

さっきまでの真剣さはどこにいったのか、その瞳はいたずらに光っていて。

「ここは、俺なんかじゃなくて、月島にとっておけよ」

「…………」

目を見ひらき、ただただ呆然《ぼうぜん》としている私の唇から指を離すと、蓮は床に置いていたスクールバッグを肩にかける。

そして私の方を見ないまま告げた。

「じゃ、先に昇降口《しょうこうぐち》行ってるから」

蓮が教室から出ていく。

その蓮の姿が見えなくなったとたん、かぁぁっと一気に顔がほてりだした。

へなへなと今にも崩れ落ちてしまいそうな足に力を込めるのに、精いっぱいで。

「……っ」

な、なんだったの、今の……！　からかわれた、の？

蓮が触れた唇から、甘いしびれが体中に伝わって熱を持つ。

心臓がこわれちゃうかと思った……。

まだ騒がしい鼓動の音を聞きながら、蓮の指の感覚を覚えている自分の唇に、そっと触れた。

次の日。

昨日のドキドキは、まだ心のどこかでその余韻を残していた。

それは学校に登校しても変わらず。机に肘をつき、ついぼーっとしちゃう。

昨日のことを思い返すたびに、唇がじんわりと熱くなるようで。

もう。どうしちゃったんだろう、私。

あのあと、蓮は家の近くまで送ってくれたけれど、近くにいるだけでドキドキしちゃって、蓮が話しかけてくれても私はうまく返すことができなかった。

なんでこんなに引きずっているのか、自分でもよくわからない。

でも、蓮に出会ってからというもの、彼に心が乱されているのは間違いない。

はぁ。蓮のことばっかり考えてたら、頭も痛くなってきちゃったみたいだ。

ズキンズキンと痛む頭を片手で押さえながら、なにげなく廊下に視線を向けると、見なれた明るい髪色が目に飛び込んできた。

あれは、蓮だ。

そして、蓮の前には——女の子。私と同じクラスの、森永《もりなが》ひかるさん？

赤っぽい色のショートヘアが印象的な森永さん。

ぱっちりとした瞳と、学校指定のシャツの上に羽織っているパステルカラーのパーカーも目を引く。

髪色と同様明るい性格だけれど、見た目からかクラスでは一匹狼《おおかみ》みたいな女の子。

そんな森永さんと蓮が話している。

ふたりの間に流れる親密な空気が、廊下から少し離れた教室からもわかって。

もしかして……森永さんと付き合ってるの……？

そういえば、蓮のことあんまり知らなかった。たとえば——彼女のこととか。

蓮がモテるってことは、知り合った翌日にはもうわかっていた。

女子がみんな、蓮に視線を奪われているから。

あんなにカッコいいんだもんね、蓮。キラキラしてるし、みんなの憧れの的っていうか。

でも、彼女さんがいたなんて……。

不意に心の中がモヤモヤしていることに気づいた。

それは、二十年後に蓮が結婚してる、そう聞かされた時と同じモヤモヤ。

だけどあの日よりも、その感情はたしかに大きくなっていて。

なんで胸が痛んでいるんだろう。

これじゃあまるで、蓮が森永さんと話していることにショックを受けているみたいだ……。

森永さんと話し終えたのか、蓮は自分のクラスの方へ歩いていってしまった。私の心に、正体不明のモヤモヤだけを残して。

と、その時。

ぐわんと視界が揺れた。

甘えるお前

俺はあの日、未来からやって来た。

ちょうど一年後の四月七日から。

――たったひとつの後悔《こうかい》をなくすために。


「蓮ーっ」

休み時間、教室の机に突っ伏《ぶ》してうたた寝をしていると、安眠を妨げるように俺の名前を呼ぶ声が聞こえてきた。

顔を上げなくてもわかる。この声は。

「……シノ」

名前を呼ばれて無視するわけにもいかず、しぶしぶ顔を上げると、そこにはやはりシノが立っていた。

シノ――篠坂依澄《しのざかいずみ》は、俺の幼なじみであり親友。

軽くパーマのかけられたふわっとした髪に、ダボッと着た制服。そして、笑うとできるえくぼ。

いつもニコニコ屈託《くったく》なく笑ってる、そんなヤツ。

俺が未来からやって来たことを知っているのは、花とこのシノだけ。

『俺、昨日、未来から来たんだよね』

タイムリープした翌日。

シノにそう告げたら、最初は驚いて『冗談でしょ』って笑った。

『うっそだ〜。エイプリルフールはもう終わったよ？』

まぁ、その反応はおかしくないし、むしろあたり前だよな。

だって、それまで普通に過ごしていた親友が、突然未来からやって来た人格と入れ替わっているなんて言うんだから。

でも、なんとなく覚えていた翌日のテストの回答を教えてやったら、その俺の記憶《きおく》は正しかったらしく、好成績をとったシノはすべて信じた。

それから、シノには未来から来た理由も話した。シノは、それだけ俺にとって信頼《しんらい》できるヤツだから。

って、今はそんなこと考えてる場合じゃなくて。

「なんだよ、俺寝てたんだけど」

安眠を妨害されたことに若干の苛立ちを覚えながら肘をついてシノを見あげると、

シノはあわあわと手をばたつかせた。

「たいへんだよ蓮。花ちゃん、だっけ？　その花ちゃんが熱を出して倒れて、今保健室にいるんだって！」

「花が？」

は？　まじかよ。

昨日会った時は、あんなに元気そうだったのに。

未来で俺と花が出会ったのは、来年の三月。

つまり、この頃の花のことは知らなくて。花になにが起きるのかもわからない。

考える前に、ガチャンと音を立て椅子から立ちあがっていた。

「シノ、行ってくる」

「ん、行ってらっしゃい」

シノが安心したようにニヘッとやわらかく笑って、袖《そで》を伸ばした手を振る。

そんなシノに見おくられ、俺は教室をあとにした。

保健室のドアには不在中の札がかけられ、養護教諭《きょうゆ》はどうやら出張中のようだった。

保健室に入ると、奥のベッドにカーテンが引かれている。

「花？」

声をかけながら、そっとカーテンを開けると、ベッドに寝ている花を見つけた。

俺の呼びかけにピクッとまぶたが揺れ、ゆっくりと目が開く。

そして、まだ寝ぼけ眼でぼんやりとした視界に俺を映した。

「蓮……？　蓮だ……」

「おい、大丈夫かよ、体」

「うん、らいじょうぶ……」

って、ろれつまわってないし、ぜんぜん大丈夫じゃなさそうなんだけど。

「ったく、熱なんて出してんじゃねぇよ」

心配させんなよ、ばか。

「えへ、ごめんね。でも、蓮が来てくれるなんて夢みたい。夢なのかなぁ」

ふにゃっと、いつもより力の入っていない笑顔を浮かべる花。

熱のせいか、ほわほわしてる。俺を見つめる瞳はとろん、とうるんでいて。

そんな目してんじゃねぇよ。

今、自分がどんな顔してるのかわかってんのかな。いや、絶対わかってねぇんだろうな。

「夢じゃねぇよ、本物」

「ほんとに？　ほんとのほんとに？」

信じていないような表情を浮かべたかと思うと、花が突然俺の手を握ってきた。

握られた右手が、花の手の温度のせいか熱を持つ。

「ふふ、ほんとだ。にぎれる」

いつもは見せない花の一面に、また動揺する。

あー、もう……。

「それより薬は飲んだ？」

「ううん、飲んでない……」

「待ってろ、今持ってきてやるから」

「れ、ん？」

立ちあがり、薬を探そうと、入り口近くにある棚に向かって歩きだした時。

「蓮、行かないで……」

突然聞こえてきた声に振り返ると、ベッドから花が起きあがり、おぼつかない足取りでこちらへ歩いてきていて。

なにしてんだよ……っ。

「おい花っ、じっとしてろよ。危ねぇだろ」

「だ、だって……」

今にも倒れそうなよろけた足取りの花に駆けより、その腕をつかんで体を支える。

「ほら、まだフラフラじゃん。ベッド戻るぞ」

すると、花がうつむいたまま、今にも消えいりそうな声でつぶやいた。

「ねぇ蓮、彼女さんいるの……？」

「え？」

突然の言葉に、思わず目を見ひらく俺。

なに言ってんだよ、俺には彼女なんて。

つーか、なんでそんなこと……。

ふと、俺の腕をつかむ花の手に力がこもっていることに気づく。

「今日見ちゃったの、蓮が女子と話してるとこ。モヤモヤして、なんでか、嫌だった……」

花が熱のこもった声で続ける。

「私にだけ、笑っててほしかったなって。ワガママで、ごめんね……。こんな私のことなんて、きらいになっちゃっ、た……？」

と、体力が尽きたのか、花がフラッと俺の胸に倒れこんできた。

直後、スースーと寝息が聞こえてくる。

は？　まじで？　この体勢で寝たのかよ。

苦笑しつつ花を見おろすと、フッと自分の顔から笑みが消えるのがわかった。

俺の体にもたれかかるようにして眠る花。
その背中に俺は——手を回していた。
空いた左手を、花の頭に添《そ》える。
優しくそっと、包みこむように花を抱きしめる。
今にももろくこわれてしまいそうな、小さな体。
「……ばか、きらいになるわけねぇじゃん」
なぁ、もう乱すなよ、俺の気持ち。
「最初からほかの女なんて眼中にねぇよ」
俺の腕の中にいる花の体温が熱くて。
今だけ、今だけは。
このままこうしていたい。

第二章

君が笑えば最高な日、悲しんでいれば最悪な日。
なんて、こんな自分は単純だろうか。

君の作戦

「試験合格おめでとう！　かんぱーい！」

「かんぱーい！」

階下のリビングから、家族の明るい声が私の部屋まで聞こえてくる。

お兄ちゃんの試験合格を、みんなでお祝いしているらしい。

私は、まだ熱がある体をベッドに横たえ、その声をひとり聞いていた。

「お前たちは、私の自慢の子どもたちだ。なあ、母さん」

「ええ、そうね」

お父さんのご機嫌な声。

たぶんみんな、私が熱を出していることに気づいていない。その場に私がいないことも。

私は、熱のこもった手の中にある紙を見た。ずっと握りしめていたから、ヨレヨレになってきている。

夕方、保健室で目を覚ました私は、ベッドの枕もとにある小さなテーブルの上に、この書き置きを見つけた。

『命令、早く風邪《かぜ》治せ。あと、彼女とかいねーから』

なぐり書きのような文字で書いてあったのはたったそれだけだったけれど、誰からのメッセージかはすぐにわかった。

「蓮……」

この書き置きがあるってことは、蓮、保健室に来たってことだよね。寝顔見られちゃったとしたら、はずかしすぎる。

熱のせいか記憶が曖昧《あいまい》で、ずっと寝てたような、でもなにかあったような。

あやふやだぁー……。

でも。

〝彼女はいない〟

そのことがわかって、なんだかホッとしたような気がする。

なんで安心してるんだろう、私。

理由はわからないけど、ずっと心にかかっていたモヤモヤが晴れた気がするのは事実で。

私は蓮の書き置きを再びすがるように握りしめ、耳に届く音をシャットアウトするように目を閉じた。

それから月日は流れて、暑さが増してきた七月のある日。

お昼休みになり、スマホをチェックした私は、蓮からのメッセージが一件届いていたことに気がついた。

『今すぐ非常階段に来い』

ええっ？　今すぐって……。

メッセージが届いていたのは、さっきの授業中。その授業が終わってから、すでに十分も経っている。

まずい、とりあえず早く行かなくちゃ！

スマホを制服のポケットにしまい、私はあわてて教室から駆けでた。

なんの用だろう？

やってきた課題見せろ、とかかな？　それとも、購買《こうばい》でパン買ってこい、とか？

なにはともあれ用件が書いてないから、見当もつかない。

怖い命令はされませんように！と祈りながら、非常階段へと早足で向かった。

ようやく非常階段にたどりつくと、踊り場で蓮が手すりに肘をついて私を待っていた。

「蓮、お待たせっ」

踊り場まで駆けあがるけれど、蓮の顔は不機嫌で。

それどころか、舌打ちまでされる始末。

「おせぇんだよ。待ちくたびれたっつーの」

「ごめん……」

でも授業中に今すぐ来いなんて、無理だって！

謝りながらも、なんだかすごく理不尽な気がするんだけど……。

「ま、しょうがねぇから今回は許してやる。っていうか、今はそんなことより」

「な、なに？」

蓮がお説教よりも優先させるほどのことだ。一体どんなことを言われるのかと、思わず身がまえる私。

すると蓮が腕を組んで、そんな私を見おろした。

「命令。明日、マカロン二十個作ってこい」

「へっ？」

思わず口から漏れたのは、素っ頓狂《とんきょう》な声。

マカロン？　突然なんで？

真意が読みとれず、頭に浮かんできた一番の疑問をおずおずとたずねる。

「蓮、……マカロン好きなの？」

「好きじゃない」

蓮ってば、即答《そくとう》！

たしかに、蓮とマカロンはあんまりイメージが結びつかないけど……。

「じゃ、じゃあなんで」

「俺が作ってこいって言ってるんだから、作ってこいよ」

「私、お菓子《かし》作りとかあんまりしたことないし……」

「努力しろ」

「で、でも、明日提出の課題が……」

「へぇ、俺の命令に逆らうわけ？」

蓮が怪《あや》しげに口角を上げ、瞳をギラリと挑戦的に光らせた。

なんだか嫌な予感……。

嫌な予感は見事に的中し、蓮はポケットから〝あれ〟を取り出した。

「俺の言うことときけねぇなら、これ、明日昇降口にでも貼っておくから。全生徒がよーく見える場所に。公開ラブレターの反応、楽しみだな」

私の届かない位置でラブレターをひらつかせ、ニヤリと笑う蓮の顔は、もはや悪魔《あくま》にしか見えない。

コウくんへのラブレターを出されたら、もう命令に従うしか、なす術はなくて。

「うぅ、わかった。作ってくるから……」

「わかればいいんだよ」

そう言って、満足そうに笑う蓮。

完全に蓮のペースに巻きこまれてしまった。


『昼休み、作ってきたマカロンを自分の机の上に置いておけ』

半ば強引にそう命令されて、結局マカロン作りをした私。

翌日の昼休み、言いつけどおりに作ってきた二十個のマカロンを私の机の上に置く。

机の上に置いておけって言ってたけど、これでいいのかな。

っていうか、マカロン好きじゃないのに二十個も作らせるなんて、どうしてだろう。

席に座って蓮のことを待っていると、思わずあくびが漏れた。

ふわぁぁ、眠い。

授業中も、思わずコクコク寝ちゃいそうになっちゃった。

それもこれも、慣れないお菓子作りをして、徹夜《てつや》しちゃったせい。

レシピ調べて、買いだしして、家族が寝しずまってからバレないようにキッチンで作って。

大変だったなぁー……。

昨日の疲労を思い出しながら、あまりの眠さに机に突っ伏していると。

「あああああ〜っ‼　マカロンだ〜っ！」

突然頭上から降ってきた高くて大きすぎる声に、びくっと肩を揺らして私は体を起こした。

び、びっくりした……っ。

顔を上げると、そこに立っていたのは、森永さん。

この前は蓮の彼女さんじゃ、って疑っちゃったけど、彼女はいないって蓮の書き置きにあったんだから、森永さんは蓮の彼女じゃないんだよね。

疑っちゃって、悪いことしちゃったなぁ。

そんなことを考え反省している私の前で、森永さんはというとキラキラと瞳を輝かせ、その熱視線をマカロンへと注いでいる。

「このマカロン、小暮ちゃんが作ったの⁉」

突然声をかけられたことと、森永さんが私の名前を知っていたことに驚きながらも、私はおずおずうなずいた。

「う、うん」

決していい見た目とは言えないけど……。

すると、森永さんは一層目をきらめかせて、頬に両手を添えた。

「うっひゃぁー！　すごすぎ！」

「森永さん、マカロン好きなの？」

「大好き！　宇宙で一番大好き！」

ブンブンと手を振りながら興奮気味にそう言う森永さんがなんだか可愛くて、思わず提案していた。

「あの……よかったら、食べる？」

「へっ！　いいの⁉」

「うんっ」

蓮、マカロン好きじゃないって言ってたし、森永さんにあげてもいいよね？

もし怒られたら、謝ってまた明日作ってこよう。

ちゃんと話せば、蓮だってわかってくれるはず。

こんなにもマカロン好きな森永さんを前にして、あげないなんてひどすぎるもん。

すると、森永さんが目を輝かせてぴょんぴょん飛びはねた。

「うっわー！　小暮ちゃん、サイコーすぎる！」

そして私の前の席の椅子をこちらに向けて座ったかと思うと、「いっただっきまーすっ！」と元気に声をあげ、目にも留まらぬ速さでパクパクとマカロンをほおばりだした。

手作りのものを誰かに食べてもらうのなんて、初めての経験。

もぐもぐと咀嚼《そしやく》する森永さんの姿を、固唾《かたず》をのんで見まもる。

味見はしたけど、眠くなっていた中での味見だったからちょっと心配。分量とか間違えてたりしないよね……？

「おいしい？」

不安に思いながらおずおずとたずねると、森永さんはそんな憂慮を払拭するかのようにニカッと笑った。

「めーっちゃおいしい！　こんなおいしいマカロン食べたの初めてかも！」

「ほんと？　よかったぁ……！」

安堵から思わず笑みがこぼれ、胸の前で手を合わせる。

するとそんな私を見て、森永さんが目を細めて微笑んだ。首をかしげた振動で、赤みがかった髪が揺れる。

「小暮ちゃんって、そんなふうに笑うんだね」

「え？」

突然投げかけられた思いがけない言葉に、私は思わず目を見ひらいた。

「小暮ちゃんって、美人で可愛いのに誰とも話さないから、人とからむのがきらいなのかと思ってた」

「そんな」

人とからむのはきらいじゃなくて、苦手なだけ。

それに私が美人で可愛いなんて、そんなこと言われたら、天と地がひっくり返っちゃうよ。

「なんだか近寄りがたい感じがしてたんだ。でも、あたしの勘違《かんちが》いだったみたいだねっ！」

「森永さん……」

私、自分でまわりに壁《かべ》をつくってたんだ……。

自分から友達をつくろうとしなかった。

ひとりでも大丈夫。そう自分に言いきかせて。

――本当は、なによりも〝ひとり〟が怖いくせに。

森永さんの言葉は、私に大切なことを思い出させてくれるようで。

「私ね、中学の頃のある出来事がきっかけで誰かに自分から話しかけるのが苦手になっちゃったの。でも、本当は友達たくさん欲しいんだ……」

ずっと胸の奥にしまっていた本音をおずおずと声に出すと、森永さんがマカロンをほおばりながら笑った。

「だいじょーぶ！　小暮ちゃんならあっという間に友達百人できちゃうよ！　こんなにいい子なんだもんっ！　あたしがホショーしちゃうっ」

森永さん……。

私なんかより何倍も、森永さんの方がいい子だよ。そんな言葉をかけてくれるなんて。

話してるだけで、元気もらえちゃうみたいだもん。

「ありがとう、森永さん！」

昨日何時間もかけて作った二十個のマカロンはあっという間になくなっちゃったけど、私の心は充足感《じゅうそく》に満ちていた。

マカロンをきっかけに、こんなに森永さんと話せるなんて。

蓮にも、このことを話したいなぁ。

そう思ったのに、蓮が昼休みに姿を現すことはなかった。


翌日の昼休み。

「小暮ちゃん、一緒にお昼食べよーっ！」

授業が終わったと同時に、素敵すぎる響きが私の耳に届いた。

声の主は、もちろん森永さん。

「もちろんっ、食べよう！」

気分が舞《ま》いあがるのを感じながら返事をすると、ニコニコ笑顔の森永さんが私の席へ駆けてきた。

「やったーっ！」

誰かとお弁当を一緒に食べるなんて、なんだか照れくさいなぁ……。

うれしさに、思わず顔がほころんでしまう。こんな日がくるなんて、夢みたいだ。

椅子を移動し、私の机をはさんで向かい合わせに座る。

そして声をそろえて「いただきまーす」と言ったあと、弁当箱の蓋を開けると。

「小暮ちゃんのお弁当、おいしそーっ！」

私のお弁当を覗きこんだ森永さんが高い声をあげて反応した。

「ほんと？　ありがとう」

「小暮ちゃんママ、料理上手《じょうず》なんだね！」

あ……。

きっと森永さんからしたらなんてことない言葉が、私の心にはズシンと重い石となってのしかかり、思わず箸《はし》を持った手が固まった。

「あ、えっと……自分で作ってるんだ」

「へぇっ！　小暮ちゃん手作り!?　えらーいっ！」

感心したように、大きくくりっとした目をさらに丸くする森永さん。

ほめてくれたのはすごくうれしい。

うれしい、けど……この話はしたくないな……。

私は話題を変えるように、とっさに別の話を切りだした。

「そういえば、森永さんって、蓮と仲いいの？」

「蓮？　うん、中学からの友達！」

そっか、だから親しそうに話してたんだ。

あの時は早とちりしちゃって、申し訳なかったな。

すると、好奇心の宿ったキラキラとした瞳で、森永さんが私の顔を覗きこんできた。

「小暮ちゃんも蓮と仲いいよね。ねね、ふたりって付き合ってるの？」

へっ⁉　れ、蓮と私がっ⁉

森永さんのありえなすぎる発言に、思わず食べていた卵焼きをふきだしそうになる……のをあわててこらえ、ぶんぶんと手を振って否定する。

「ないない！　えーと、友達！」

友達と言いながらも、主従関係の方がしっくりくるような……。

「えー、お似合いなのになぁ～。この前ふたりが話してるところ見かけたんだけどさ、小暮ちゃんを見る蓮って、びっくりするくらい優しい顔するよね」

「え……？」

「蓮があんなにおだやかな顔で笑うの、想像できなかった。最近、雰囲気も丸くなったしさ。小暮ちゃんのおかげだね」

「……っ」

おだやかな顔で笑ってくれてるんだ、蓮。

自分では気づかなかったけど、森永さんは気づいてくれていて。

そっか……。なんだかうれしいな。

私が蓮をおだやかな顔つきにさせてる、なんてそんなおこがましいことは思わない。

でも、そういう表情を私に向けてくれてるってことが、胸の奥をじんわり熱くした。


それから土日をはさんで、月曜日。

今日も森永さんとお昼を食べようと思って、マカロンをたくさん手作りしてきた。

前回はチョコレート味だったから、今回はちょっとがんばってストロベリー味にも挑戦しちゃった。

苺が大好きだって言ってたし、喜んでもらえるといいな。

学校に着くと、脇目も振らず森永さんの下駄箱を捜す。もう登校しているかチェックするために。

森永さんは出席番号がうしろの方だから、下駄箱も手前にあるはず。

あ、あった！

だけど、その中に肝心《かんじん》の靴《くつ》はない。

あれ？　いつもは早く来てるのに、今日はまだ来てないのかぁ。

早く来てほしいな。それで、マカロンを食べてもらいたい！

気を取り直してローファーを脱ぎ、自分の下駄箱に入れようとした時。

私は下駄箱の中に置かれていた一枚の紙に気がついた。

ふたつに折られたその紙には、『小暮ちゃんへ』と書いてあって。

なんだろう、これ。私に……？

疑問に思いながらも、おそるおそる紙を手に取り、開いてみる。

そこには、いかにも女の子らしい丸文字でこう書かれていた。

小暮ちゃんへ
やっほー、ひかるだよ。

こんな手紙書くの、初めてだなあ。

んーまあ、手紙を書いたのは、小暮ちゃんに伝えなきゃいけないことがあるからなんだけど。

あのさトートツなんだけどね、あたし、小暮ちゃんとお話しするのやめたいなーって思って。

だから、手紙書いてみた。
やっぱり、あたしと小暮ちゃんはキャラもぜんぜん違うし、仲よくなれないと思う。
ほら、小暮ちゃんって、あたしなんかとは正反対のめっちゃ清純派じゃん？
小暮ちゃんにはもっと合うコがいるんじゃないかな？
そういうことだから、じゃあね！
友達百人できるといいね！

森永ひかるより

え……？
文字のひとつひとつが鋭利《えいり》な刃物になったように、私の心に突き刺さる。
危うく手紙を落としそうになった。
それくらいの衝撃が、心にずしんとのしかかる。
なんで……？　なんでいきなり、こんなこと……。
次から次へとわいてくる疑問に、答えが返ってくることはなくて。
マカロンをおいしそうに食べている森永さんの笑顔が頭に浮かぶ。
私、森永さんといて、とっても楽しかった。

だけど森永さんは、楽しくなかった？　私といるの、苦痛だった？

一緒に過ごした時間が、こんなにもあっさり崩れ落ちてしまうなんて。

そんな……。嫌だよ……。

考えれば考えるほどぎゅうっと胸が痛んで、目の前が真っ暗になった。


「はぁ……」

放課後、小高い丘に来ていつものように倒木《とうぼく》の上に座った私は、ため息をついた。

こうして暗い気持ちを吐きだしたのは、もう何度目だろう。たぶん、数えきれないほどたくさんだ。

うつむき、手紙をぼーっと見つめる。

授業中もこの手紙のことで頭がいっぱいで、ずっと上の空。

ひとりで過ごす昼休みは、やっぱりさみしかった。ひとりじゃない、誰かといる心地よさを知ってしまったから。

それに、昔のことを思い出して、やっぱり怖くなってしまうんだ。今の状況が、あの時の状況とかぶってしまって。

目を閉じると苦々しくよみがえるのは、友達をつくることにトラウマができた、中学二年生の頃の記憶――。

その頃私は、同じクラスの四人の女子とグループで行動していた。

みんな仲よくて、気が合って。四人といる時間が、学校での一番の楽しみだった。

私はみんなが大好きで、みんなも同じ気持ちでいてくれてるんだって、あたり前のように心のどこかでそう思っていた。

——だけど、真実は思いもよらぬ形で発覚することになる。

その日私は天文部の部活があって、放課後みんなと別れたけれど、部活の途中で教室に忘れ物をしたことに気づいた。

教室に戻ろうと、廊下を歩いていると教室から四人の声が聞こえてきた。

最初は、四人がいたことがうれしくて、教室の中に入って会話に加わろうとしたのだけれど。

『花ちゃん、ひどいよねー』

耳に飛び込んできたその言葉に私は思わず足を止め、廊下で息を潜めた。

な、なに……？　聞き間違い、だよね……？

自分の耳を疑う。

だって、あの四人がそんなこと言うはずない。

〝友達〟なのに。

『ほんとほんと。ミクちゃんの彼氏を奪うなんて最低だよね』

『ミクちゃん、かわいそう。大丈夫？』

そのあとに聞こえてきたのは、ミクちゃんのすすり泣く声。

『ぐすっ、大好きだったのに……っ。カズキくんのこと……』

『あのカズキくんが、花ちゃんのことが好きだからってミクちゃんを振るなんて。花ちゃんが色目使ったんだよ、どうせ』

『ちょっと自分が可愛いからって、調子乗ってるんだよね』

……どういうこと？

気づけば呼吸が荒《あら》くなっていた。

吐き気さえしてきた。

ミクちゃんには、カズキくんっていう同じクラスの彼氏がいる。

数ヶ月前から付き合いだした仲むつまじいふたりの様子を見て、私も幸せだった。

だけど今日の前では、ミクちゃんの彼氏をなぜか私が奪ったってことになっている。

嘘……。

私、なにも知らないよ……？　なにもしてないよ……？

『うわー、花ちゃん最低。もうさ、ハブろうよ、花ちゃんのこと』

『そーしよ！　あんな子は友達なんかじゃないよ』

それからだった。四人に仲間はずれにされるようになったのは。

話しかけても無視。

疑惑を必死で否定しても、『花ちゃん盗《ぬす》み聞きしてたの？』って白い目で見られるだけ。

四人は私の前で楽しそうに遊びの計画を立てたりした。もちろん、私は誘われるはずもなく。

そして私は完全に孤立《こりつ》してしまった。

〝友達〟

その関係が、こんなにももろく、あっさりとこわれてしまうことを知らされた。そして、こわれる時の絶望感も。

誰も私を信じてくれなかった。かばってくれなかった。

このことがあってから、自分から誰かに話しかけることが怖くなった。

また、ひとりにされたらどうしよう。根拠のない噂を立てられたらどうしよう、って。

そう思うと体がすくんで、動けなくなってしまう。

だから高校に入っても、友達をつくれなかった。

――でも、森永さんは違った。

森永さんだけは信じられた。なぜか、ちっとも怖くなかった。

だけど、森永さんに連絡しようにも連絡先を交換《こうかん》してないんだよね……。

あらためてさとらされてしまう。森永さんのこと、ぜんぜん知らなかったことを。

どうすればいいんだろう、私。

「はぁ……」

暗い気持ちの行き場を見つけられず、またため息をついた時。

「なにため息ついてんだよ。そんなんじゃ幸せも逃げるっつーの」

突然聞こえてきたその声に私は反射的に顔を上げた。

「蓮……っ」

そこにはやっぱり蓮が立っていて。

「なんでここに……」

「いちゃわりぃかよ」

「そ、そういうわけじゃっ」

「そんだけ不幸オーラ振りまいといて、気づくなって方が無理だから」

「うぅっ……」

反論する余地もなく言葉をつまらせていると、蓮がこちらに歩いてきて、頭上をすっぽりと覆うようにして私を見おろした。

「原因はひかるのことだろ、どうせ」

……図星だ。

「なにかあったんなら、俺に話せよ」

「蓮……」

私は下唇を噛みしめ、それから重い口を開いた。

「私じゃ、森永さんに釣り合わないの。森永さんみたいに可愛くなりたい。もっとスカート丈短くしたらいいのかな。メイクもした方がいいのかな……」

キャラが違うなら、私が森永さんに合わせれば、森永さんと釣り合うのかな。

隣にいてもいいよって、そう思われたいよ……。

うつむいて落ちこんでいると、盛大なため息が降ってきて、突然伸びてきた手にガシッと両頬をはさまれ、否応なしに上を向かされた。

「は、はひふんほっ」

「そんなの似合わねーよ、ばか」

「ふぇっ」

「花は花のままでいいんだよ。その代わり、上向いてろ。言っただろ、花の目はきれいだって」

蓮が腰を曲げているせいで、顔を上に向けさせられているこの状況では、蓮の顔はあまりに近くにあって。

私を見つめるまっすぐな蓮の瞳に吸いこまれそうになる。

そして、蓮の力強い言葉は、私の胸のしこりを溶かしていく。

出会ったあの日、蓮は言ってくれたね、『やっぱ、きれいな目してる』って。

「蓮……」

蓮が私の頬から手を離した。

「あと、なんでそんなに自信ないのか知らねーけど、もうちょっと自分の容姿自覚したら？」

「へ？」

私の容姿なんて、地味で華《はな》もなくて……。

「花は可愛いよ」

「……っ」

な、なっ……。

こっちをまっすぐに見つめて放たれた言葉に、胸がドキンと高鳴るのを感じた。

そんなこと異性から言われたことなんてなくて、体が一気に熱を持つ。

と、顔を真っ赤にさせた私を見て、蓮があわてたように上体を上げそっぽを向いた。

「今の、俺が言ったってのは忘れろ」

口もとを手の甲《こう》で隠す蓮の耳が、ほんのり赤くなっているような気がして。

忘れろ、なんて言われたって、なんでか胸がざわついて忘れられないよ……。

はずかしくなってうつむいていると、蓮が気を取り直すように再び話を切りだした。

「で、花はどうしたいわけ？　ひかるに伝えたいことがあるんじゃねぇの？」

真剣さを取り戻した蓮の声に、私は背筋を伸ばしうなずいた。

そして自分の意思を表すように、蓮をまっすぐに見あげる。

「私……森永さんとお友達になりたい」

怖いけど、もうあの日の出来事から逃げたくない。

友達になるのは、森永さんがいい。

いっぱい笑いあいたいし、話したいことだってたくさんある。……森永さんと。

私の言葉に、蓮が目を細めて微笑んだ。

「なら、答えは決まってんじゃん。行ってこいよ、森永んとこ。で、さっきの言葉言ってやれ。花の気持ち、ぜってぇ伝わるから」

「蓮、ありがとう！」

蓮の言葉は魔法みたいだ。

弱い私の心を、強く勇気づけてくれる。

私、踏みだしてみるよ。

今までならその場に立ち止まったままだったその足を、一歩前に。

蓮が書いてくれた地図を手に、私は森永さんの家へと歩いていた。

細い路地に入り、いざ森永さんの家が近づいてくると、やっぱりドキドキしてきて思わず立ち止まった。

スクールバッグを握りしめる手に、自然と力がこもる。

顔も見たくないって拒絶されたらどうしよう……。

一瞬もろく砕《くだ》けそうになった自分の弱い心を、ぶんぶんと首を横に振り、奮い立たせる。

蓮が言ってくれたじゃない。『上向いてろ』って。

ここで逃げちゃ、なにも変わらないんだ。

顔を上げ、また歩きだそうとした時。

知らぬ間に前方から歩いてきていた人物と目が合い、そしてその人は私を見て目を丸くした。

「小暮、ちゃん……？」

「森永さん……っ」

まさか、こんなところで会うなんて。

予想外の出来事に驚きつつも、あわてて森永さんのもとへと駆けよる。

森永さんはカラフルなパーカーを着て、顔色もよく、無事な姿を見られたことにまず安心する。

　元気そうでよかった。

「どうしてここに、小暮ちゃんが……」

　状況を飲みこめないといったように、小さな声でつぶやく森永さん。

　私はぎゅっとこぶしを握り、口を開いた。

「会いに来たんだよ。森永さんと話がしたくて」

　すると、森永さんがふいっと視線をそらした。

「話すことなんてないよ、小暮ちゃん。見たでしょ？　あの手紙。あたし、小暮ちゃんと距離を置きたいの」

　その声は、今まで私に向けてくれていた声とは違う、冷たく突きはなすような声で。

　じかにぶつけられるとやっぱり心が痛み、鼻の奥がツンとする。

「なんで……。私が森永さんに釣り合わないから？　でも私っ……」

「小暮ちゃん」

　私の言葉をさえぎるように、森永さんがうつむいたまま低い声で言葉を紡ぎだした。

　重い口を、やっと開いたというように。

「……ねぇ、あたしがまわりの女子からなんて言われてるか知ってる？　すごく評判悪いの。暴走族とつるんでるんじゃないか、飲酒喫煙もしてるんじゃないか、万引きなんて日常茶飯事なんじゃないか、って。そんなの全部嘘なのに、みんな信じてる。あたしが派手で目立つ恰好ばっかりしてたから、目障りに思う子もいたんだよね。そんな子たちが流した噂が広まりだしたら、あたしのまわりにいた友達も、みんな簡単に離れていっちゃった」

「森永、さん……」

明かされた事実に、胸がきゅうっと縮こまるような感覚を覚えた。

そんなこと、ちっとも知らなかった。

同じ、だったんだ。私と。

まさか、同じ苦しみを抱えていたなんて。

それと同時に、すべてが腑《ふ》に落ちた。明るくて優しい森永さんがなぜクラスでひとりでいたのか、不思議に思っていたから。

森永さんは噂のような子じゃない。森永さんに触れれば、そんなの全部嘘だってすぐわかるのに。

「この前言われたの、ある女子から。小暮さんっておとなしそうに見えるけど、あんたとつるんでるってことは、あんたと同じで問題ありな子だったんだねって」

「え……？」

「だからさ、あたしといると小暮ちゃんも浮いちゃうんだよ。友達百人、できなくなっちゃうんだよっ」

ずっと冷静に言葉を並べていた森永さんが、初めて感情をあらわにするように語尾《ごび》を強めた。

だから……？　私が浮いちゃうと思って、だから離れたの？

森永さん……。

胸に込みあげる思いを抑え、私は森永さんをしっかりと見つめて口を開いた。

「私もね、森永さんと同じ経験があるの。根拠のない噂のせいで、友達がいなくなっちゃったんだ」

「……え？　小暮ちゃんも？」

驚きに満ちた森永さんの声は、かすれていて。

「だから、高校に入っても友達をつくれなかった。ううん、つくらなかったの。壁をつくって、誰とも話さないようにして。でも、そんな私の壁を簡単にこわして話しかけてくれたんだよ、森永さんは」

たとえまわりの人が森永さんの噂を信じたとしても、私は本当の森永さんをちゃんと見てるから。

「私、浮いたっていいよ。そんなことより森永さんと一緒にいたい。大勢じゃなくて、私は森永さんとお友達になりたい」

「小暮っ、ちゃん……っ」

それまでずっと張りつめていた声をふるわせ、森永さんが顔を上げた。

やっと交わったふたりの目線。

私を見るその瞳は、今にも泣きだしそうなほどにうるんでいて。

森永さんに伝えたいことはね、ひとつだよ。

「私と、友達になってくれませんか？」

「……」

みるみるうちに大きな瞳に浮かぶ涙の層が厚くなり、そしてポロポロと涙の粒《つぶ》となって森永さんの頬を流れた。

「いいの？　あたしが友達でいいの」

「うんっ、森永さんがいい」

「あたしもっ。あたしも、小暮ちゃんと友達になりたいっ……」

森永さんがバッと飛びつくように、私を抱きしめた。

「ううっ、大好き！　大好きだよう小暮ちゃんーっ！」

気づけば私の頬にも熱い涙が伝い、森永さんの肩を濡らしていた。

笑みとともに、それはこぼれる。

「私もっ……」

うれしくて胸がいっぱいで、涙が止まらないよ。

体を離した森永さんは、ゴシゴシと腕で涙をぬぐいながら、すねたように唇を突き出した。

「なんで小暮ちゃんまで泣いてんのさーっ」

「だって、うれしくて。森永さんと友達になれたから」

すると、森永さんがニッと笑みを浮かべた。

「森永さん、じゃなくて、ひかる」

「え?」

「友達なんだから、下の名前で呼んでよ、花ちん」

「……っ」

こんなに幸せな気持ち、もらっていいのかな。

そのくらい幸せで、胸が温かくて。

「ありがとう……ひかるちゃん」

たくさんの気持ちを込めて、私は大切な友達の名前を紡いだ。

ふたりきりの夜

放課後、教室掃除《そうじ》が終わり帰る準備をしていると、ひかるちゃんが教室に駆けこんできた。

「花ちん、花ちん！」

目をキラキラさせて満面の笑みで。

そして私のもとまで脇目も振らず駆けてきたかと思うと、私の手をつかんで、ぴょんぴょん飛びはねた。

「どうしよう、急展開っ」

「なにかいいことでもあったの？」

「あのねっ、あたしに意地悪してた子が謝ってくれたの！『私が間違ってた』って！」

「え？」

「誤解とけたよーう！　ほんとよかったあ〜！」

心底うれしそうに喜んでいるひかるちゃん。

そんな姿を見て、私にも心からの安堵の笑みが浮かぶ。

「でも、どうして急に謝ってくれたんだろう？」

首をかしげ、ひかるちゃんは考えこむように宙に視線を泳がせた。

私、実は知ってるんだ。その理由。

「あのね、それ、たぶん蓮のおかげだと思う」

「へ？　蓮っ？」

予想もしなかったであろうその名前に、目をまん丸にしてひかるちゃんは驚きの声をあげた。

驚くのはあたり前だよね。蓮は、自分からは言わないから。

私だって、あの場に居あわせなかったら蓮の行動に気づけなかったと思う。

私はうなずいて、ひかるちゃんに事の流れを説明し始めた。

――あれは、今日の昼休み。

日直である私は、出席簿を届けるため職員室へ向かっていた。

そして渡り廊下を通りかかった時、校庭から聞こえてきた数人の女子の声に足を止めた。

『森永って、ほんと見てるだけでウザいよねー。騒動《そうどう》ばっかり起こしてる問題児は、だって。

学校に来ないでほしいんだけど』

『その森永と仲いい小暮さんって、最近よく蓮くんと一緒にいない？　みんなの蓮くんなのにさーっ！　やっぱり、森永と同類で問題児だって！　痛い目あわせちゃう？』

私とひかるちゃんの悪口が聞こえてきたから。

あわててサッと柱の裏に隠れる。

その場から逃げようにも、地面にくっついてしまったように足がすくんで動けなくて。

バクバクと心臓が嫌な音を立て、きゅうっとしぼられるような感覚を覚える。

ど、どうしよう……。怖い……っ。

恐怖にうつむき、ぎゅっと目をつむっていると。

『なに、楽しそうな話？　俺も入れてよ』

耳に飛び込んできた、低くて透きとおるような声。

『蓮くん！』

『蓮くんだ！』

一斉に女子の黄色い声があがる。

そう、この声は蓮の声だ。

それを悟ると、ますます心臓が早鐘を打ち、スカートを握りしめる手がふるえる。

だって、蓮にまで悪口を言われたら……。

『蓮くん、森永さんにからまれて迷惑してない？　うちら、蓮くんのこと守るよ！』

女子たちが声を張りあげ、そんな提案をする。

するとなぜか蓮は、ぷはっとふきだした。

『もしかして、ひかるが不良かもって思ってる？　それ、全部デタラメだから』

『え？』

『第一あいつ、怖がりだし。カラスですら泣いて怖がるヤツが、不良なんてやってられるわけねぇよ』

『カラス？　そ、そうなの？』

『嘘、知らなかった！』

明かされた事実に、女子たちの態度が一変する。

すると、再び蓮の声が聞こえてきた。

『そーいや、花のことも言ってなかった？　痛い目あわせるとかなんとか』

『そ、それは……』

『蓮くんが小暮さんにたぶらかされてるんじゃって、私たち心配で……』

『花が俺を？』

『小暮さんとはどういう関係なの？』

『花は、友達。俺が一緒にいたくている』

かばって、くれた……。

蓮の言葉に、凍《こお》りついていた心が解けていくような気がして。

『つーか、花に対してあんたたちが抱いてる印象もぜんぜん違うし。あいつ、男たぶらかせるタイプじゃねぇよ？　人見知りで、自分から話しかけるのが苦手なだけだから。誤解しないでやってくんねぇかな』

『そうなんだー』

『誤解してたね、私たち』

反省しているような声をあげる女子たちに、蓮が優しい声をかける。

『なんだよ、あんたたち理解あんじゃん。ほかの誤解してるヤツらにも、本当のこと教えてやってくんねぇかな』

『うん！　蓮くんの頼みなら！』

『みんなにも伝えておくね！』

『さんきゅ。じゃ』

そう言って、蓮がその場から立ちさろうとする。

だけど、その足音が途切れた。蓮が立ち止まったから。

そしてなにかを思い出したように、『あ』と、蓮が声をあげる。

女子たちも、そして私も、続く言葉を待つように一瞬静寂を保つ。

すると次に聞こえきたのは。

『どんな形であれ、俺の許可なく花を傷つけたら許さねぇから』

『え？』

さっきまでの優しい声とは一変、威圧的な感情を込めた蓮の低い声。

『とも言っておいて』

『……っ』

言葉をつまらせたのは、私だった。

ドキンと心臓が揺れ、直後ドキドキと高鳴りへと変わる。

どうしよう、胸が熱いよ……。

再び、遠ざかっていく誰かの足音が聞こえてきた。それはたぶん、蓮の足音。

あっけにとられたような女子たちの静寂の中、私は心拍数が上がったせいか膝の力が抜けて、その場にしゃがみ込んだ。

『蓮……』


すべてを話し終えると、ひかるちゃんは目を伏せて微笑んだ。

「そっかぁ、そうだったんだ。優しいね、蓮」

「うん……」

口は悪いけど、その裏に人より何倍もの優しさがあるってこと、知ってる。

お礼を言おうとしたのに、タイミングを逃《のが》して言えてないから、明日言わなくちゃ。

するど不意にひかるちゃんが、ぽつりとこぼしたかのようにつぶやいた。

「蓮も家族のこととか、大変なのにね」

「え？」

しんみりと発したひかるちゃんの言葉に、私は思わず目を見ひらいた。

家族のことが大変って……？

私の驚きを察したのか、ひかるちゃんが「あぁ」と声をあげた。

「蓮ね、お母さんが小さい頃に亡くなってるんだ。だから、お父さんとお兄ちゃんと暮らしてるんだけどね、お父さんもお兄ちゃんも仕事で毎晩遅《おそ》いから、蓮って家じゃひとりでいることが多いの」

「そう、だったの……？」

そんなこと、ぜんぜん知らなかった。そんなそぶりを見せないから。

蓮も孤独を抱えていたなんて。

「ひかるちゃん、どうしよう」

「花ちん？」

「私、蓮に会いたい……っ」

――という経緯《いきさつ》で。

私は今、マンションの四階、蓮の住んでいる部屋の前に立っている。

「はぁ、はぁ」

走ってきたせいで、息はきれぎれ。

蓮はもう帰っていたらしく学校にいなかったから、ひかるちゃんにこのマンションを教えてもらった。

勢いに任せてきちゃったというものの、自分からこんなふうに行動したのは初めて。

それくらい、蓮に会いたくて。

だって、伝えたいことが多すぎるの。私はいつももらうばっかりで、蓮になにも返せていないから。

ほとんどなんのためらいもないまま、私はチャイムを押した。

間もなく玄関《げんかん》に向かってくる足音が聞こえてきて、「はい」とドアが開けられたかと思うと、蓮がドアの向こうから現れた。

だるそうな表情が、一瞬にして驚きのそれに変わる。

「花？」

「蓮っ……」

蓮の顔を見たら、やっぱりいろんな思いが込みあげてくる。

それくらいずっと、蓮のこと考えてた。

「なんでここに？　つうか、なんでそんなに息切らして……」

驚きに目を見張る蓮に、私はいつもより大きな声で答えていた。

「蓮に会いたかったからっ」

「は？」

息を整えつつ、私はまっすぐに蓮を見すえた。

「蓮は、蓮はいつも私に優しくしてくれるよね」

いつだって、手をさしのべてくれる蓮。

私の心を読みとって、欲しい言葉をくれる。

「でも、お父さんもお兄さんも家にいなくて、ひとりなんでしょ？　私なんかじゃ迷惑かもしれないけど、でも蓮がひとりでさみしい思いをしてるなら、私がそのさみしさを少しでもぬぐってあげたい」

たぶん今の私、髪ボサボサだし、息が切れてるから上手に話せていない。

でも、蓮をひとりにさせたくない。悲しい思いをさせたくない。そう思ったら、ここに来ていた。

優しさをもらっているぶん、蓮のことも優しさで包みこんであげたいんだ。
目を見ひらき、ただ私に視線を落とす蓮。
伝えたいことをすべて言った私は、はぁぁっと息を吐いた。
「でも、よかったぁ。蓮をひとりで泣かせてなかった……」
ひとりで泣かせるところだったかもしれない。
……だって、ひとりはさみしいから。
安堵から思わず笑みがこぼれた、その時だった。
ぐいっと手を引かれ、部屋の中に連れこまれていたのは。
ドサッ――。
スクールバッグが床に落ちた音が、耳に届いた。
そして背後で、ガチャンと音を立ててドアが閉まった。
「……っ」
息をするのを忘れていた。
だって、蓮の腕の中に包みこまれていたから。
蓮の甘い香りに抱きすくめられ、思わず目を見はる。
心拍数が一気に上がり、心臓が張りさけそうになる。
な、なんで抱きしめられて……っ。

「……うぜぇ」

状況を把握しきれていない私の耳に届いてきた、吐きだすような蓮のつぶやき。

「え？」

う、うざいっ？

やっぱり、突然押しかけて迷惑だったよね……。

だけど、罪悪感にさいなまれる私の耳に届いてきたのは、

「ほんと、なんなんだよ……」

言葉とは裏腹に、切なさを含むかすれた声。

蓮の抱きしめる力が強いからか、それとも別の理由からなのか、思わず動けなくなる。

「蓮……」

「花のことになると、抑えがきかなくなる……」

ぽつりとつぶやかれたそれは、あまりに小さすぎて、うまく聞きとれなくて。

「え？」

聞き返そうとした時、不意に私を包みこむ腕の力がゆるんだ。

やっと腕の中から解放され、緊張しながらおずおずと顔を上げると、目の前にはなぜか不機嫌な顔の蓮。

……あれ？

「ほんと花ってばかだな」

「へっ⁉」

さっきまでの蓮はどこにいったのやら、目の前に立つ蓮はあきれたような顔で暴言を吐いてくる。

「どうせ、ひかるから家族のこと聞いたんだろ？　でもガキじゃあるまいし、夜ひとりだってさみしくなんてねぇから。俺をみくびんな」

「た、たしかに……」

勝手にさみしがってるんじゃないかって決めつけてたけど、そういえば蓮ってぜんぜん弱くなかった。

なんてったって、元ヤンだし。

それなのに、いきなり押しかけちゃったりして。完全に私の空回りだ。

「騒がせてごめん……。帰るね……」

しょんぼりうつむき、蓮に背を向け、帰ろうとドアに手をかけた時。

「ちげぇよ」

ドンッ――。

蓮の声とともに、ドアが開こうとする寸前、私の頭上でなにかをたたく鈍い音がし

た。

　気づけば、うしろに立つ蓮がドアに手をつき、私はドアと蓮の間にはさまれていて。

　まるで、帰らせない、そう言っているかのように。

　突然の行動と、背中に感じる至近距離での蓮の気配に、また鼓動が騒がしくなる。

「わざわざ来たんだから、ちょっとは寄ってけっつーの。そんな顔で帰られても、こっちが気分わりぃから」

　耳もとでささやかれ、私はこくこくとうなずくことしかできなくて。

　だって、体中の血液が沸騰《ふっとう》したように熱いんだ。

　強引な蓮に、心臓がこわれそうだよ……。

　蓮の部屋は、男の人が三人で暮らしているとは思えないほど、とてもきれいに整理整頓《せいとん》されていた。無駄《むだ》なものがなく、清潔感にあふれている。

　ここに蓮が住んでるのかぁ。

　そう思うと、なんとなくくすぐったい気持ちになる。

「そこらへん、適当に座っててていいから」

　キッチンの方からそう言われ、私はおずおずと部屋の中心にあるテーブルの近くに座る。

　男子の部屋に入ったのなんて初めてだから、緊張しちゃうな。

「なんか食う？　こんなのしかねぇけど」

キッチンから出てきた蓮がテーブルの上に置いたのは、来客用なのかいくつかのお菓子がのったプレート。

「ありがとう」

そう言いながら、私の前に座ろうと屈んだ蓮をちらりと見あげる。

外で会う時とは違う、独特の距離感。

私の視界に入るその顔は、あまりにかっこよくて。

直視できず、やっぱりそらしちゃう。

と、そらした視線の先に、テーブルの隅に置かれたペンダントのようなものを見つけた。

なんとなく見覚えがあって、私は頭に浮かんだ疑問を口にした。

「これ、なに？」

つぶやくと、私が見つめているものに気づいた蓮が「あぁ」と声をあげた。

「懐中時計《かいちゅう》」

懐中時計かぁ。それなら知ってる。

ボタンを押すとパカッて開いて、携帯《けいたい》できる時計のことだよね。

「蓮の？」

「まぁそんなとこ」

「へぇー」

手のひらに乗るほどの大きさのその懐中時計には、とても細かく彫刻《ちょうこく》がほどこされていて、握れば粉々になってしまいそうなほど繊細《せんさい》で。人間の手や機械によって作られた感じがしない。人為的《じんい》でも機械的でもなく、まるで魔法の結晶《けっしょう》みたいだ。

蓮がこれを持っているなんて、ちょっと意外だなぁ。

あ、でも、蓮、ポケットに入れて持ち歩いてたかも。

蓮がなにかを手に乗せ見つめていたのを、見かけたことがある。それはきっと、この懐中時計だったんだ。

なんとなく見おぼえがあるのは、きっとそのせいだ。

引きよせられるように竜頭《りゅうず》に指をかけたその時、不意に「花」と名前を呼ばれ、意識を蓮へ戻す。

「そーいや、今日って七夕《たなばた》だっけか」

「あっ、そうだ！」

懐中時計をもとの位置に戻し、蓮の視線の先にある、壁にかけられたカレンダーを私も目で追う。

すっかり忘れてたけど、今日は七月七日。七夕だ。

蓮が言わなかったら、きっと気づかなかった。

「天の川、見られるかなぁ」

「ベランダ出てみるか」

「うん！」

立ちあがった蓮のあとを追い、私はベランダに向かった。

もう七時。薄暗くなってきて、夜空もきれいに見られるかな？

スリッパを借りてベランダに出れば、期待どおり空一面に星が広がっていた。

「わーっ！　もう星出てる！」

蓮の隣に立ち、手すりにつかまって空を見あげる。

涼しい風が、私と蓮を包みこむ。

いつもより星々のきらめきがまぶしく感じるのはなんでだろう。

それになんだか、空が近くにあるようで。

「短冊《たんざく》とか書いたなぁ、小学生の時。なつかしい」

「へー」

なんだかすごく遠い記憶のように感じる。

七夕もクリスマスも自分の誕生日も、いつの間にか、そういう年間行事が薄れていくから。

「ねぇねぇ、蓮の七夕のお願いごと、なに？」

首をかしげ隣の蓮にたずねると、蓮はさも当然とでもいうように雑に言いはなった。

「そんなの言うわけねぇじゃん」

「えっ、なんで？」

「花なんかには教えてやんねぇよ」

「えーっ？　ひどーい！」

「んな、ぶすっくれんなって」

そう言いながら蓮が手すりに腕をかけ、そこに頭を乗せるようにして私の顔を覗きこんできた。

口に笑みを乗せて、どこか子どもっぽさを含んだ瞳で私を見あげる蓮。

「じゃあ、花の七夕の願いはなんなんだよ」

「うーん、そうだなあ……。やっぱり、〝蓮とひかるちゃんに出会えて、学校が楽しくなりました、ありがとうございます〟かな」

すると、蓮がぷはっとふきだした。

「それ、願いごとって言わねぇから」

「え？　あっ、そっか！」

言われてみればたしかに、これじゃ願いごとじゃなくて感謝の文だ。

「そんなこと間違えるようじゃ、織姫《おりひめ》と彦星《ひこぼし》に見すてられるな」

眉をさげ、くすくすと心底おかしそうに笑う蓮。

「えへへ、ほんとだよね」

「ばぁーか」

私に向けられる蓮の目が優しくて、伝染するように私にも自然と笑みが広がっていく。

蓮の隣って、なんでこんなに心地いいのかな。

こんなふうに誰かと笑いあえる日がくるなんて、蓮と出会うまでは夢にも思ってなかった。

また来年も笑いあっていたいな。

「ねぇ、蓮。来年の七夕も、こうして一緒に夜空を見ようね」

そう言いながら笑顔を向けると、突然フワッとなにかを頭の上からかけられて、視界が真っ暗になった。

「わっ」

そして、ぐしゃぐしゃと乱暴に頭を撫でまわされる。

「風邪引くなよ、チビ」

頭をすっぽり覆ったそれを手に取ってみれば、それは蓮の着ていた薄手のセーターで。

顔を上げると、蓮がふっとやわらかな笑みを浮かべていた。

「冷えてきたから着とけ、それ」

「ありがとう……」

そうつぶやき、そのまま閉じようとした口。

だけど、私はあわててその動きを変えた。

「っていうか、私、チビじゃないもん！」

そこ、すごく引っかかった！　百六十センチはあるし、クラスでも中間よりは大きい方だし！

「花なんて俺からしたら、十分チビだっつーの」

「むーっ」

相変わらず口は悪い蓮だけど、私が寒さを感じてたことに気づいてくれたのが、なんだかうれしくて。

七月とはいえど、時折吹きつける風は私の体を冷やしていたんだ。

「蓮。私、決めた、お願いごと」

「なに？」

「〝蓮とこれからも一緒にいられますように〟」

蓮が、かすかに目を見ひらいた。

「えへへ、やっぱりこれが今の私のお願いかなぁ」

はにかみながら笑顔を向けると、蓮は眉をさげてそっと静かに微笑んだ。

「やっぱりばかだなぁ、花は。そんなお願いしなくったって、ずっと見まもっててやるっつーの」

そう言いながら、コツンとおでこを小突かれる。

「蓮……」

あまりにも蓮の笑みが優しくて、ドキンと心臓が揺れた。

夜のせいかな。今日は、心臓が過剰に反応してあわただしい。

少しほてった頬の温度を感じながら蓮を見あげていると、不意に蓮がいたずらっ子みたいな笑みを浮かべた。

「つーか、花は違うことお願いしなきゃいけないんじゃねぇの？　〝胸が少しでも大きくなりますように〟って」

……んん？

ひくっと、片頬が引きつるのがわかった。

今、なんて言った……？

急激に怒りのボルテージが上昇していく。そして。

「……れーんーーっ！」

火山が噴火したのは、言うまでもなく。

「その願いごとは、さすがに俺には叶えらんねぇし」

ニヤッと薄ら笑いを浮かべる蓮に、私はたぶん、人生最大ボリュームの声をあげた。

「余計なお世話ーっっ！」

頭上では、そんなにぎやかな私たちを見守るように、星々が優しくまたたいていた。

蓮と見あげた夜空を、私はきっと一生忘れない。

元凶《げんきょう》は波乱の予感

——私は、家にいる時間が苦痛でたまらない。

自分の部屋の勉強机に座り、スマホを制服のポケットから取り出した。

そして文字を打ち終えると、それをメモ帳にしまう。

もう何十件もたまったメモ。

私はそうやって、心に立ちこめた暗い気持ちをメモ帳に閉じこめようとする。


「やっふーい！　夏休みだーーっ！」

うれしそうに目をキラキラさせて、天井に向かって両手を高く突きあげるひかるちゃん。

今日は一学期の終業式。

さっきのHRで成績表が渡され、一学期最後の放課後をむかえていた。

私とひかるちゃんは、クラスメイトがいなくなってきた教室で前後の席に座り、おしゃべりに花を咲かせる。

「ひかるちゃん、うれしそうだね」

「もちろん！　だって、大っっ嫌いな授業から解放されるんだもーん！」

だけど、ハッとなにかに気づいたように一瞬にしてその笑顔が消え、上括弧を描いていた眉がたちまちにして下括弧になった。

「でも夏休みは学校がないから、花ちんと会えない……」

「夏休みも遊ぼう？　私、ひかるちゃんと遊びたい！」

励ますように笑顔を向けると、ひかるちゃんの顔に満面の笑みが広がった。

「うん‼」

私もうれしいな。

だって、図書館に通いつめるはずだった夏休みに、友達との予定が入るんだから。

「じゃあ早速、夏休みの予定立てよっか！」

「うんうん！　わーっ、最高すぎーっ！」

なんて、キャッキャキャキャッキャとふたりで夏休みの予定を立て始めた時。

――キーンコーンカーンコーン。

突然校内アナウンスが流れてきた。

アナウンスに耳を傾けようと、スケジュール帳に書きこみをしていた手が反射的に止まる。

『第二学年主任遠藤《えんどう》から連絡。二年二組、森永ひかる。至急職員室に来なさい。繰《く》り返します――』

呼び出し？

遠藤先生といえば、私のクラスの数学担当で、スパルタで有名な先生。

その遠藤先生がひかるちゃんを急に呼び出すなんて、どうしたんだろう。

不思議に思いながら、ひかるちゃんの方に顔を向けると。

「うげっ」

ひかるちゃんはそう声をあげ、苦虫をつぶしたような顔をしていて。

それからバタンと倒れこむように、机に突っ伏した。

「遠藤から呼び出しってことは、絶対成績のことじゃん～！」

さっきのＨＲで渡された成績表のことが脳裏をかすめる。

「成績、よくなかったの？」

ためらいがちにそう聞くと、ひかるちゃんは突っ伏したままうなずいた。

「もう、花ちんに言ったら軽蔑《けいべつ》されるレベルだよ……。間違いなく補講の呼び出しだ……」

そういえば、前に遠藤先生が授業中に言ってた。成績不振者は夏休み補講があるからな、って。

「ごめん、花ちん。もしかしたら夏休み、遊ぶ時間ないかも……。せっかく花ちんが誘ってくれたのに……」

心から申し訳なさそうな声をあげるひかるちゃんに、私は少しでも元気を取り戻してほしくて笑顔を向けた。

「ううん、大丈夫だよ、ひかるちゃん。夏休みじゃなくたって遊べるし！　だって、私たち友達なんだから」

するとひかるちゃんはガバッと顔を上げ、今にも泣きだしそうな、そしてどこかうれしさも含んだような表情をつくった。

「はぁぁぁーっ！　もう花ちん好きすぎるっ！」

「ふふ、私もひかるちゃんのこと好き」

「わーーいっ！」

ひかるちゃんに、やっといつもの笑顔が戻った。やっぱりそうでなくちゃ。

「よっしゃっ！　あたし、遠藤とたたかってくる！」

ガタッと机から立ちあがり、こぶしをつくってメラメラと闘志《とうし》を燃やすひかるちゃん。

今日のひかるちゃんは百面相だ。

コロコロ変わる表情を見ていると、なんだか私まで一緒になって喜怒哀楽《きどあいらく》が豊かになっていく気がする。

「行ってくるね、花ちん！　たぶん長期戦になるから、先帰ってて！」

「うん！　ひかるちゃん、がんばれ！」

立ちあがった勢いそのままに、教室から駆けだしたひかるちゃんは、「よい夏休みを一っ！」と声を張りあげ、嵐のように去っていってしまった。

ひかるちゃんがいなくなると、いつの間にかクラスメイトはみんな帰っていたらしく、教室には私ひとりになった。

成績、かぁ。

私は、スクールバッグにしまった成績表を思い出した。

「はぁ……」

思わずため息がこぼれる。

だって、私も成績がよくなかったから。

あんなに必死に勉強がんばったのに。やっぱりダメダメだなぁ、私って。

まるで、爆発物でもスクールバッグに入れているように思えてくる。

帰るの、嫌だなぁ……。

できるだけ時間をかけるようにしたのに、ついに帰る準備が整ってしまい、暗い気持ちでスクールバッグを肩にかける。と、その時。

「小暮さーん」

不意に背後からピンク色のきれいな声に呼ばれ、私は声がした方へ振り向いた。

見れば、クラスメイトの女子が笑顔を浮かべてそこに立っていた。

髪を巻いてきれいに化粧《けしょう》をほどこした、モデルみたいに美人な子。

たしか、高橋さん。

蓮と同じで、キラキラしていて格が違う。

そんな高橋さんが私に声をかけるなんて、ちょっとびっくりだ。なんの用だろう?

「高橋さん、どうしたの?」

すると、高橋さんが突然顔の前で手を合わせ、懇願《こんがん》するような表情をつくった。

「あのね、今から西高の男子と合コンやるの! だから、小暮さんにも参加してほしくて」

「……えっ?」

浮かべていた笑みが、一瞬にして驚愕《きょうがく》の表情に変わった。

びっくりしすぎて、目を瞠《みは》ったまま軽く思考停止。

ま、まさかの合コンのお誘い⁉

もちろん合コンに参加したことはないし、そんなきらびやかなイベントに私なんて無縁《むえん》だと思っていたから。

「で、でも、他に参加したい子もいるんじゃ……」

やんわりとお断りしようとするけれど、高橋さんは食いさがった。

「え〜？　ダメ〜？　小暮さんがいいんだけどな〜〜」

甘い声をあげたかと思うと、ぐいっと顔を近づけ、瞳を覗きこんでくる。

ううっ。それは反則……！

頼まれたら断れない性格なのに。

「小暮さんがいたら男子も集まりやすいから、助かるんだよねぇ〜」

なんで私がいたら男子が集まりやすくなるのかは、わからないけど。

でも、〝助かる〟なんて言われたら、余計に断れなくなってしまう。

だって、こんな私でも力になれるなら、なりたいし……！

「じゃ、じゃあ……」

〝参加します〟

そう動かそうとした口が、突然うしろからふさがれ、声を発することを止められていた。

「悪りぃけど、花は俺が借りるから」

私の鼓動と重なるように頭上から降ってきた、透明《とうめい》なアルト。

声だけでわかってしまった。

今、私の口をうしろからふさいでるのは……蓮だ。

で、でも、なんで蓮が？

状況を理解したとともに、この状況におちいった意味が理解できずに頭の中が混乱する。

「蓮くんっ！」

私の前に立つ高橋さんの声が黄色を含む。驚きで見ひらかれたはずの目は、すっかりハートマーク。

蓮を前にした女子は大抵こうなっちゃう。

だけど、さすがはキラキラ女子、高橋さん。美形には耐性《たいせい》がついているのか、すぐにハッと我に返ると、完璧《かんぺき》すぎる笑みをつくった。

「蓮くんにはホントにホントに悪いんだけど、小暮ちゃんを合コンに連れていきたいのよね。私の方が誘ったのは先だったし、今日くらい私に貸してよ？」

すると、「ばかばかしい」とでも言いたげに、蓮がふんと鼻で笑った。

「どっちが先とか関係ねぇよ。こいつの最優先は俺だから」

「……っ」

声をつまらせたのは私だった。

私の最優先が蓮だなんて、そんなの決めてないよ。

でも、そんな強引で勝手な蓮に、なんでかこんなにドキドキしてる。

「行くぞ、花」

口から手が離れたかと思うと、蓮に手を引かれた。私の手を引いて、ぐんぐん歩いていく蓮。

「た、高橋さん……！　また二学期に！」

引っぱられているせいで、高橋さんの方を振り返ってそう言うのが精いっぱいで。

蓮に逆らえなかった、ううん、逆らわなかった。

振りほどくことができたはずの手を、私は振りほどかなかったんだ。

＊＊＊

校門を出たところで立ち止まる。

そして振り返りざま、花にきっと鋭い視線を向けた。

「蓮……？」

早足で連れてきたせいか息を乱している花は、俺の目を見るなり肩をびくっとふるわせた。

花の瞳は、不安と困惑の色で染まっていて。

ちょっとくらい優しくしてやればいいものの、つい乱暴な接し方になる。だって、あんなの怒らずにいられるかよ。

「花」

「な、なにっ？」

「あのさぁ、合コンとか、のこのこついていこうとしてんじゃねぇよ」

なにを言われるのかとおびえた表情を浮かべていた花が、きょとんと目を丸くした。

「へ？」

あの女子が言ってた西高といえば、女関係にだらしのない野郎ばっかりがいる高校。あんなヤツらとの合コンなんて行ったら、花はねらわれるに決まってる。

鈍いしトロいしお人好しだし、……可愛いから。なんて、絶対言ってやんねぇけど。でも、ちょっとは自覚してくんねぇかな。

さっきだって、俺が話し声に気づかなかったら、ホイホイ合コンについていくところだったし。

俺は心の中で思っていることをぐっと抑え、代わりに花の両頬を引っぱった。

「ふ、ふぇ」

「ばか」

そんなことしていたら、月島に再会した時に、幻滅《げんめつ》されるからな。

ったく、なにも知らないで。ばか。

本当は、俺だけが花の可愛さを知っていればそれでいい。ほかのどんなヤツにも、その笑顔を見せたくない。

──そんなばかげたこと、絶対叶わないのは知ってるから。

「すっごく伸びんな。大福みてぇ」

そう言って花の頬を引っぱっていると、花はされるがままにニヘッと笑った。

「ふへふぇー」

あーもう。なんでそんな顔するかな。

俺は顔を背けるようにして花の頬から手を離すと、歩きだした。

ふたりで歩く帰り道は、時間が過ぎるのが早く感じる。

大抵花が話し、それに俺が適当に相づちを打つ。

花の最近の話題といえば、ひかるとのやりとりばっか。

正直ひかるの話題には飽きてきたけど、花が笑ってるから、まぁいいかって思う。

だけど。

「じゃあな」

花の家がある坂下まで来て、別れようとした時。俺はそこで初めて、花の顔が翳《かげ》っていたことに気づいた。

さっきまで楽しそうに話していたのに、今その顔には、うれしそうな笑みの欠片も見えない。

「う、うん……」

花はうつむきがちにそう返事をするけど、あきらかに元気がない。

ぜってぇなんか変なんだけど。

友達ができたっていうのに、たまに花はこういう暗い顔をする。

俺が送るって言ってやってんのに、いつも家まで送るのは断られる。それもずっと引っかかってるし。

まだきっと、花はなにかを抱えている。

「じゃあね、蓮……」

目をそらすように踵《きびす》を返し、立ちさろうとした花の手を俺は思わずつかんでいた。

「花」

俺の呼びかけに答えるように花が立ち止まり、俺を振り返った。

驚きの表情を見せる花。

だけど、そこにはなぜかあせりの色も含んでいて。

「蓮?」

「さっきから、なにひとりでわけわかんねぇツラしてんだよ」

そんなツラさせたまま別れられるかよ。

「……っ」

花が虚をつかれたように目を見ひらいて俺を見あげている。

と、ハッと我に返ったのか、あわてて取りつくろったような笑顔を俺に向ける。

「なんでもないよーっ。そんなに変な顔してた？」

「してた。俺に隠しごとが通用するなんて思うな」

花が言葉をつまらせる。

ひとりで抱えこむな、花。

なにか抱えこんでることくらい、バレバレなんだよ、俺には。

花の手首を握る力を強めた。そのまま、ぐいっと体を引きよせた。

そして、花の視線を逃さないように至近距離でその目をしっかり見すえて、口を開いた。

「花は俺のことだけ考えていればいーんだよ。俺以外のことで頭ん中いっぱいにすんな。うだうだ悩むくらいなら俺に言え」

「蓮……」

勘違いすんな。

「花は、俺の言いなりなんだよ」

するとははうるんだ瞳で俺を見あげていたが、やがてうつむき、弱々しい声をあげた。

「成績が、よくなかったの」

「成績？」

「学年で三位だったの……。一位に、なれなかった……」

「花？」

今にもこわれてしまうんじゃないかって思った。

消えてしまいそうで、その存在をつなぎとめるかのように、思わず名前を呼んでいた。

それくらい、うつむく花が小さくもろく見えて。

「三位だって十分すげぇじゃん」

花がふるふると首を横に振った。ぎゅっと制服の裾を握る手には力がこもっている。

「一位しか、意味がないの……」

「なんで」

不意に花がこちらを見あげた。

やっと交わったその瞳には、今にもあふれそうなほど涙がたまっていて。

その表情に、ズキンと胸が痛む。

だってそれは、俺が一番見たくない顔だから。

「蓮、私ね……っ」

俺にすべてを話す、その決意の声を花があげた、その時だった。

「おい、そこでなにをしているんだ」

少し離れたところから突然聞こえた低い声に、花の肩がびくっとこわばった。

声がした方を向くと、そこには声の主であろう、スーツを着た四十代後半の男が立っていた。

眼鏡の奥に覗く瞳は、目が合ったすべてのものを凍らせてしまうのではないかと思うほどに冷たい。

まるで、感情がないような。

その男は俺に一瞥をくれると、冷ややかな視線を再び花に向けた。

「まったく、本当にどうしようもないヤツだ。こんなチャラチャラした男と遊びほうけているなんてな。親として恥でしかない。いや、家族の恥だ」

花にぶつけられる、耳を疑いたくなるような言葉。

こいつが……こんなことを言うヤツが、花の父親？

ただ言葉を投げつけられるまま、うつむき動かない花。

なんだよ、この状況……。

たえきれなくなって、かばうように花の前に立った。

「ちょっと待ってください。俺はいくら責められてもいいけど、花を責めるのは」

「なんだ、お前ごときが私に意見をするのか。まったく、礼儀《れいぎ》すらも知らないヤツとつるんでるなんてあきれる」

「……っ」

花のことを言われると、言い返す術もなくて。

さげすんだ瞳をこちらに向けたまま、花の父親は再び口を開いた。

「とにかく、もう金輪際こいつと接触するな。ただでさえ出来損ないだというのに、お前みたいな害悪とつるんだら、どうなるかなんて考えたくもない」

「……」

俺は言葉を失った。

吐き気すらする。

こいつは、なにを言ってるんだ?

「行くぞ」

父親が歩きだすと、花は俺に目を向けないまま、うつむいて父親のあとを追うように歩きだした。

「花……っ」

やっとのことでその名前を呼ぶと、花がピクッと肩を揺らし、そしてゆっくり振り向いた。

でも——その瞳は絶望の色しか宿していなかった。

「花」

花はなにか言葉を発しようと口を開きかけ、でもそれを押しこめるようにぎゅっと唇を噛みしめて、こちらに背を向けた。

そして再び父親のあとを追って歩きだす。

なんで、なにも言わねぇんだよ。

だけど。その背中は、たしかに俺に助けを求めていた。

〝助けて〟

小さくなった背中が、そう声をあげていた。

——ようやく見つけた。

俺の後悔の元凶を。

君が見せてくれた景色は

「学年で三位？　こんな学校でも一位になれないなんて、なぜお前だけこんなに出来が悪いんだ」

「……」

「そうよ。お兄ちゃんとお姉ちゃんを見習いなさい」

「……」

お父さんとお母さんが浴びせる言葉たちに、私はなにも返せない。

夏休みが始まって、一週間が経った。

夏休み中は、お父さんに図書館以外への外出を禁止にされてしまった。

だから、自分の部屋と図書館を往復して勉強をするだけの日々。

だけど、こんな状況で勉強したって集中できるわけない。

蓮のことがずっと心につっかえているから。

終業式の日、あんなにひどい態度をとってしまった。あれじゃ、蓮のことを無視したみたいだった。

きっと、蓮怒ってるよね……。

時計が深夜0時を回り、日付が変わった頃。私は眠れなくて、ベッドから起きだした。

電気をつけようと立ちあがると、不意に、机の上に放置していたスマホが月明かりに照らされて視界に映りこんだ。

月明かりを頼りに机に歩みより、そっとスマホを手に取る。

蓮に触れるのがなんだか怖くて、連絡手段となるスマホをずっと避けていた。

だって、きっときらわれちゃったから。あんな態度とっちゃったし、お父さんも蓮にひどい言葉をたくさん浴びせたし……。

蓮、今頃どうしてるかなぁ……。

暗い気持ちで、ぼんやりディスプレイを見つめる。

と、その時だった。パッとスマホが明るくなって、ディスプレイにメッセージが表示されたのは。

送り主の名前を見て、思わずハッとする。

「……蓮」

それは、蓮からのメッセージだった。

『花、空見てるか？　すっげぇでかい満月出てるぞ。まさかこんなきれいな満月も見ずに、寝てんじゃねぇだろうな？』

メッセージとともに送られてきたのは、夜空に浮かぶ大きな満月の写真。

蓮……。

あの日のことなどなかったかのような文面は、きっと私に気を使ってくれている蓮の優しさ。

私が蓮を傷つけて落ちこんでいることを、たぶん蓮は気づいてる。

トーク履歴を見れば、蓮からのメッセージがたくさんきていた。

いつもみたいな他愛ない文章と、そこに添付されている写真。

写真は、四つ葉のクローバーや可愛い子犬など、どれも思わず幸せな気持ちになれそうなものばかり。

小さく屈んでクローバーや小犬の写真を撮っている蓮の姿を想像すると、思わず顔がほころぶ。

一生懸命四つ葉を探してくれたのかな。犬にほえられながらも撮ってくれたのかな。

……私を元気づけるために。

「蓮……」

ぽつりとつぶやくと、顔から笑みが消えていくのがわかった。

こんな私を見すてないでいてくれる蓮の優しさが胸にしみて、目の奥がジンと熱くなる。

蓮、蓮、蓮……。

蓮への思いが胸をいっぱいにする。

蓮が優しすぎるから、ほら、涙が出てきそうだよ。

涙をこらえるようにぎゅっと唇を噛みしめ、気づけば文字を打っていた。

『会いたい』

本当に、無意識のうちに。

送信したその文字が目に留まり、私はそこでようやくハッとした。

わ、私ってばなに送ってるんだろう……！

もう0時を過ぎている。勢いというか、無意識のうちに送ってしまったメッセージは、完全に迷惑でしかない。

それにきっと、困るよ。あんな内容のメッセージが急にきたら。

『ごめん、さっきの嘘！　変なメール送っちゃってごめんね！』

そう文字を打ち再びメッセージを送ろうとした時、送信ボタンを押す寸前のタイミングでスマホが揺れ、メッセージを受信した。

あわてて送信ボタンを押そうとしたのをやめ、届いたメッセージに視線を走らせた瞬間、ドクンと心臓が揺れた。

だって。

『今行くから待ってろ』

そこには、そう書かれていたから。

蓮、来てくれるの？　今から？

文字だけなのに、すごく心強くて。

……ごめん。甘えていいかな、蓮の言葉に。

無意識のうちに送ってしまった、あのメッセージ。

だけど、蓮に会いたいのは、きっと私の本音だから。

だって、頭に浮かぶのは、蓮のことばかりなんだよ。

私は意を決すると、さっき送信しようとしたメッセージを削除《さくじょ》し、パジャマから私服に着替えて、すっかり寝しずまった家を誰にも気づかれないように忍びでた。

坂をおりたところにあるベンチに座り、蓮を待つ。

蓮にこの前のことを聞かれたら、すべてを話そう。そう決心しながら。

蓮をあんなふうに傷つけてしまった以上、なかったことになんてできない。

誰かに話すのは初めてだから、とても勇気がいるけど……。

でも、蓮だから。蓮だから、大丈夫。

蓮の顔が浮かんで、なぜかまた涙腺《るいせん》がゆるみそうになって、手の中にあったスマホをぎゅっと握りしめた時。

「花」

私の名を呼ぶ声が聞こえて、顔を上げた。

「蓮……っ」

蓮が、目の前に立っている。

来てくれたことと、ちゃんと蓮の名前を呼べたことに安堵しながらも、私はあることに気づき、浮かせていた腰を止めた。

あれ？　なんか、蓮、怒ってる……？

そう思ったのも束の間、蓮がおでこに怒りマークをつけたまま、ずんずんとこちらに歩いてきたかと思うと、直後コツンッとげんこつが降ってきた。

その反動で、頭を押さえたまま再びベンチに座りこむ。

「いたっ⁉」

「ばか」

落ちてくるその声は怒りをはらんでいて。

そうだよね。やっぱり、こんな時間に呼び出すなんて……。

「家の中で待ってろっつーの。こんな夜遅くにひとりでいるんじゃねぇよ」

「え?」

蓮の言葉に思わず瞠目《どうもく》し、再び顔を上げた。

呼び出したことを怒ってるんじゃなくて、心配してくれてるの……?

目の前に立つ蓮は、よく見ると肩を大きく上下に揺らしていた。

その背後には、自転車が停めてある。

蓮、急いで来てくれたんだ。きっと自転車を飛ばして。

こうして胸がいっぱいになるのは、やっぱり蓮のせいだよ。

心臓が騒がしくなるのも、全部蓮のせい。

「ごめんね、こんな時間に」

すると、私のさがった口角を上げるように、蓮がふにっと私の頬をつまんだ。

私の瞳を捉えて離さない蓮の瞳は、怒っているように見えて、だけどどこか優しさを含んでいて。

「あたり前だから。花が俺を必要とするなら、いつでも飛んでくるっつーの」

「蓮……。ありがとう……」

あと、もうひとつ。

泣きそうになるのも、蓮のせい。

「で? 俺に話したいこと、あるんじゃねぇの?」

ポケットに手を突っこみ、私の隣に腰をおろしながら、蓮がそう言った。

突然切りだされたその話題に、やっぱりビクッと心臓は揺れるけど、でも逃げるわけにはいかないから。

私はうつむきがちに、肯定《こうてい》するためうなずいた。

「この前はごめんね。無視したみたいになっちゃって、お父さんもひどいこと言って。蓮のこと傷つけたんじゃないかって不安で、メッセージも返せなかった……」

ふるえる声で謝罪すると、隣で蓮が声をあげた。

「そんなことを引きずるほど、俺はやわじゃねぇよ」

それは、私の気持ちを全部くみとってくれたような優しい声で。

「蓮……」

蓮の言葉だけで、気後《きおく》れしていた気持ちが軽くなる。

「そんなことより、親父さん、いつもあんなふうに花に接するのかよ」

私は静かにうなずくと、蓮の方に向けていた視線をもとに戻し、前を見たまま口を開いた。

「全部ね、私のせいなんだ……」

吐いた息とともに、言葉を紡ぎだす。今にもドクドクと嫌な音を立てて乱れてしまいそうな心を整理するように、ゆっくりと。

「私には、お兄ちゃんとお姉ちゃんがいるんだけどね、ふたりともすごく優秀《ゆうしゅう》なの。お兄ちゃんもお姉ちゃんも、県内トップの高校に入学して、常に首席」

エリート一家と近所でも評判の家族。

――私だけを例外として。

「だけど私は、その高校に入学できなかった」

いくら勉強しても、県内トップの高校のレベルに達しなかった。

だからレベルをひとつさげて、今の高校を受験した。

「特にお父さんは、そんな私のことが許せなかったみたい。常に県内トップの高校にいて、トップの成績を修めていなきゃいけなかったのに」

『花だけ出来が悪い』

ずっとそう言われていたけれど、高校受験で決定的となった。

「高校受験をきっかけに、私は家族の中で孤立するようになった。味方でいてくれたお母さんも、お父さんには逆らえないみたいで。家の中ではみんな、私をいないものとして振る舞うの。たまに話しかけられるとしたら、かけられるのは冷たい言葉だけ」

『出来損ない』

『家族の恥』

『あんたなんて生まれてこなきゃよかったんじゃないの』

『生きてる価値がない』

どんな言葉でも、言葉をかけてくれるなら、まだよかった。

だってそれは、私の存在を肯定してくれていることが前提だから。

そんなことよりも一番つらいのは、無視をされること。

存在を否定されることが、なによりつらかった。

お兄ちゃんもお姉ちゃんも大事にされて、みんなと同じ空間にいるのに、私だけが存在を肯定されない。

まるで透明人間になってしまったようだった。

……いっそこの世界から、本当に消えてしまいたい。

いつからか、そう願うようになっていた。

「そしたらね、気づいたら……声が出なくなっちゃった」

「声？」

蓮の声がかすれて聞こえた。

隣に座る蓮は今、どんな顔をしているんだろう。

「家族の前になると、喉が締めつけられているみたいに声が出なくなるの」

「そのことを家族は知ってるのか？」

蓮の問いかけに、力なく首を横に振る。

「ううん、知らない。言えないよ。家には、私の居場所がないから……」

そこまで話して、不意に我に返る。

蓮が聞いてくれてるからって、つい弱音ばっかり吐いちゃった。

「ごめんね、蓮。こんな重い話して」

すっかり暗くなってしまった空気を明るくするように蓮に笑顔を向けると。

「花」

視界に映った蓮の顔が、悲しみと、そしてなぜかくやしさにゆがんでいた。

「なんでいつもそうやって、泣きそうなの我慢《がまん》するんだよ」

蓮……？

なんで蓮がそんなにつらそうな顔をするの……？

「俺がもといた世界でもそうだった。花は、なんで俺の前でも悲しみをこらえるんだよ」

蓮の悲しげで、訴えかけるような眼差しに、ぎゅっと胸が締めつけられて目の奥がじんと痛んだ。

「言っただろ、俺の前では強がるなって。命令違反してんじゃねぇよ」

「……っ」

「なぁ花。涙を流すことは、悪いことじゃねぇんだよ」

……これ以上涙をこらえることなんて、できるはずがなかった。

「ふっ、う……」

ピンと張っていた気持ちがゆるみ、突然視界がぼやけたかと思うと、堰《せき》を切ったように涙があふれて、それは止めどなく頬を伝った。

一度決壊してしまったら、もうセーブできなくて。

そうだ。蓮はいつだって、何度も……私が手を伸ばせるように、助けを求められるように、手をさしのべてくれた——。

涙とともに、声が漏れた。

「……蓮、助けて……」

しぼりだした声は、ずっと心から出るのを切望していたかのように口からこぼれ出た。

「お母さんとお父さんに愛してもらいたいよ……」

ずっとずっと胸の中に隠していた、私の思い。

無視なんてしないでほしい。私のことを認めてほしい。

そしてなにより、愛してほしくてたまらない。

「うぅ……っ」

涙が止まらずうつむいて泣いていると、腕がこちらに伸びてきたのが視界の端に映り、私の頬に温もりが触れた。

その指はそっと優しく私の涙をぬぐってくれる。

「蓮……」

その温もりにもっと触れたくて、私の頬に添えられた蓮の手に、そっと自分の手を重ねる。

「花」

名前を呼ばれ、涙に濡れた瞳を蓮の方に向けると、眉をさげ悲しそうに顔をゆがめながらも、蓮がまっすぐに私を見つめていた。

「なに……?」

すると蓮はたしかな揺るぎない声で、言葉を紡いだ。

「俺が花の声になるから」

「え……?」

涙をこらえているようにも聞こえるかすれた声は、私の心にすっと入りこみ、そしてドクンと心臓を揺らす。

私の声に、なる……?

「俺が、助けてやる。花の居場所をつくってやる。これ以上、花につらい思いはさせねぇから」

一瞬、思わず呼吸をするのを忘れた。

やがて蓮の言葉が、胸の中に広がっていく。

意味が理解できた、それと同時に、またツーッと涙が頬を伝った。

「蓮、なんで……？　なんでそんなに優しくしてくれるの？　私、蓮に迷惑かけてばっかりなのに……」

なんでいつもほしい言葉を、それ以上にして私にくれるの……？

蓮は不器用ながらも温かすぎる優しさを何度もくれた。

でも、私にそうしてくれる価値ある……？

不甲斐ないのにうれしくて、申し訳ないのに幸せで。矛盾《むじゅん》した思いが胸の中でせめぎあう。

またポロポロと涙がこぼれてきてうつむくと、蓮が私の前に立ち、そして私の頭を自分の腹部へと引きよせた。

気づけば、蓮の甘い香りに包まれていて。

「……っ」

突然のことに目を見ひらくとともに、心臓が騒ぎだした。

「そんないらねぇこと考えてんじゃねぇよ」

降ってきた蓮の声が、乱れた心臓を徐々《じょじょ》に正常に戻していく。

「え？」

「俺は、花が想像するよりずっと、花のことを大事に思ってるよ」

「れ、ん……っ」

「これだけは忘れんな。命令」

「ふ、う、うん……」

もう何度、蓮に涙腺を崩壊させられているだろう。

でも、蓮はその涙をちゃんと受け入れてくれる。

それがわかってるから、私はこうして涙を流せるんだ。

蓮の言葉はやっぱり、揺れてどうしようもなくなりそうになる私の心を、一瞬にして救ってしまうね。

泣きじゃくる私の頭を、大切なものに触れるように優しく撫でてくれる蓮。

「あ、あり、がとうっ……」

すがるようにぎゅっと蓮の背中に手を回して、涙のせいで途切れ途切れになりながらも、お礼を言う。

きっと、この言葉は何度言っても足りない。

こんな私を受け止めてくれてありがとう。

こんな私の存在を認めてくれてありがとう。

「ばーか。花を笑顔にできるなら、なんだってしてやるよ」

蓮がささやいたその声はあまりにも小さくて聞きとれなかったけれど、でもなぜか安心感が私を包みこみ、蓮に体を預けて目を閉じた。

……ねぇ、蓮。

私もね、蓮が想像するよりずっと、蓮のことを大事に思ってるよ。

それから夏休み中は、ふたりでいるところをお父さんとお母さんに見つかってはいけないから、蓮とは会わないことになった。

会えないのはさみしいけれど、あの日の夜、蓮がくれた言葉が私を励ましてくれていた。

『花が俺を必要とするなら、いつでも飛んでくるっつーの』

『俺が、助けてやる。花の居場所をつくってやる。これ以上、花につらい思いさせねぇから』

『俺は、花が想像してるよりずっと、花のこと大事に思ってるよ』

目を閉じて、何度もひと言ひと言を噛みしめる。

大丈夫、蓮がいてくれるから――。

そんなふうに自分を奮いたたせながら日々を過ごしていた、ある日のこと。

私はいつものように図書館で勉強をしていた。でも今日は、ひかるちゃんと一緒だ。

ふたりで向かい合わせになって、カリカリとノートにシャーペンを走らせていると。

「はわぁぁ！　もう頭がパンクしそううう！」

机の向こうから断末魔が聞こえたかと思うと、ひかるちゃんがバタッと机に突っ伏した。

突然目の前で倒れこんだものだから、私は思わず肩をびくっと揺らす。

「だ、大丈夫？　ひかるちゃん」

まわりの迷惑にならないよう小声でそう聞くと、ひかるちゃんは机に顔をうずめたまま力なくうなずいた。

「なんとか……。でももう疲れたよ、パト◯ッシュ……」
パ、パト◯ッシュ……？
突然出てきた有名な犬の名前に苦笑しながらも、私はひかるちゃんに労《ねぎら》いの笑みを向けた。

「ひかるちゃん、がんばってるもんね。これだけがんばってるんだから、補講のテストもばっちりだよ！」

補講にはテストがあり、そのテストを無事に合格できないと、補講が終わらないらしくて。

でも、ひかるちゃんは毎日休むことなく補講に出席していたし、絶対合格できると思う。

今日だって図書館に誘ったのは、ひかるちゃんの方からだったんだから。

「ほんと……？」

突っ伏したままだったひかるちゃんが、涙でうるんだ瞳を腕の隙間から覗かせた。

「うん、ほんと！」

力強く答えてみせると、みるみるうちに、ひかるちゃんの瞳がアーチ型を描いていく。

そして勢いよくガバッと上半身を起こした。

その顔には、いつもの笑みが広がっていて。

「わぁーっ、花ちんにそう言ってもらえると、自信もらえるーっ！　絶対テスト合格してみせるねっ！」

「がんばれ！」

「補講終わったら、いっぱい遊ぼうねっっ！」

「うんっ」

笑顔を返すと、不意にひかるちゃんが「んんっ？」と、まじまじと私の顔を覗きこんできた。

「ど、どうしたの？」

あまりに近づいてくるものだから、若干体を引き気味にそうたずねると、ひかるちゃんが首をかしげた。

「ねぇ花ちん。なんか疲れてない？」

「え？」

——図星だった。

いきなり言いあてられて、ドキンと心臓が跳ねる。

そう。最近、あんまり寝られていないんだ。

蓮と家族のことを考えていると、布団に入っても目が冴えちゃって。

ひかるちゃんには嘘をつきたくなくて、私は正直にうなずいた。

「体調が悪いわけじゃないんだけどね、ちょっと最近寝つけなくて」

苦笑いを返すと、ひかるちゃんが真剣な瞳をこちらに向けながらも小さく微笑んだ。

「そっか。なにかあったらあたしに言うんだよ？　ひとりで抱えこんじゃダメだよ？」

「ありがとう……」

お礼を言うと、ううん、と微笑みながら首を横に振るひかるちゃん。

「そんなの友達なんだから、あたり前でしょ？」

「ひかるちゃん……」

ひかるちゃんの言葉がすごく心強い。胸がじんわり温かくなっていく。

こうやって、弱い私を見せていいって言ってくれる存在が、蓮だけじゃなく、もうひとりそばにいてくれる。

幸せだなぁ、私。こうしてひかるちゃんと友達になれて、本当によかった。

「うん……！」

「ウィーアースーパーフレンズッ」

「ふふ、なにそれー」

そうやってふたりで笑いあっていると、突然ひかるちゃんが目を見開き、「あっ！」と図書館には似つかわしくない大きな声をあげた。

直後、図書館だということを思い出したのか、ガバッと口を両手でふさぐ。

だけど、依然《いぜん》その表情はあせりでいっぱいで。

視線の先には、私のうしろの壁にかけられた時計。

「や、やばいっ！　ちょー大変！　六時には家に帰らなきゃいけないんだった！　遅《おく》れたらママに怒られる……！」

手の下でもごもご口を大急ぎで動かすひかるちゃん。

「ええっ？」

時計が示しているのは、五時五十五分。

図書館からひかるちゃんの家までは、自転車に乗って最低でも十五分はかかるって言っていたはず。

「もう時間がないね……！」

「ごめん花ちん！　あたしもう帰るけど、花ちんはどうするっ？」

ドタバタと教科書をまとめ、帰る準備を始めるひかるちゃん。

「私も、帰ろうかな」

「ほんと？」

「うん。私も一緒に帰るよ」

いつも閉館の七時までは図書館にいる。

今日だって帰りたくないけど、なんとなく今日はひかるちゃんがいないとやる気が出ない気がするし。

結局私は予定よりも一時間ほど早く、ひかるちゃんと共に図書館を出た。

途中でひかるちゃんと別れ、自転車に乗って長い坂を登り切り、家に着く。

自転車を庭に停めていると、不意にガチャンとドアが開く音がして、私は反射的に顔を上げた。

家から出てきたのは、お姉ちゃんだった。

買い物に行くのか、真っ赤なブランド物のバックを肩にかけているお姉ちゃんは、私を見るなり顔をしかめた。

「そんなとこに突ったって、なにしてんのよ」

普段私を無視するお姉ちゃんが、私を見てる。

なにか、言われるのかな……。

ドクドクと心臓が嫌な音を立てて、足がすくむ。

お姉ちゃんがこちらに向かってツカツカと歩みよってくる間、私はまともに顔を上げられずうつむいたままで。

やがて、アスファルトだけを映していた視界の端に、お姉ちゃんお気に入りの金色のハイヒールの爪先が映った。

直後、降りかかってくる冷たい声。

「あんたさぁ、あのチャラチャラした男と知り合いなの？　毎日毎日お父さんが帰ってくる頃になると家に押しかけてきて、ほんと迷惑なんだけど。どうにかしてよ」

え……？

お姉ちゃんの言葉に、思わず顔を上げる。

お姉ちゃんに対する恐怖よりも、今は頭に浮かんだある人のことの方が心を大きく占《し》めていた。

「つるむ相手くらい、あんたのその頭でだって考えられるでしょ？　あんたたちと私が、同類に見られたらどうしてくれんのよ」

目を見ひらいたまま固まってしまった私に、お姉ちゃんが大袈裟《おおげさ》にため息をついてそれをぶつける。

「はーあ。あんたも、なんでなにも言わないわけ？　そうやっていつもだんまりでさぁ。さすが出来損ない。暗すぎっていうか、もはや気色悪い」

なにも言えないでいる私にしびれを切らしたようにそう言いはなち、お姉ちゃんはまたツカツカとハイヒールの音を立てて歩いていった。

私は、動けなかった。ある確信が、動くことを拒んでいた。

家に来ているその人に心あたりがあるから。

きっと、蓮だ。蓮が毎日来ているんだ……。

ここ最近、夜まで図書館に行ってるから、ぜんぜん気づかなかった。

でも、なんのために……？

『蓮、毎日家に来てくれているの？』

夜になって蓮にそうメールをしたけれど、その日返信はなかった。

次の日。

いつものように図書館で勉強していた私は、いつもより早く図書館を出た。

もうすぐ五時。お父さんが帰ってくる時間。

この時間に私は家に帰らなきゃいけなかった。昨日のお姉ちゃんの言葉を確かめるために。

お姉ちゃんが、でまかせや嘘を言ったとは思えないけど違う誰かの可能性もある。だから、この目で確認しなきゃいけない。

もし蓮だとしたら、一体家でなにをしているんだろう。

たくさんの疑問が渦《うず》巻く中、私は家に着いた。

そっと玄関のドアを開けると、見慣れたブランド物の靴の中に、ひとつだけ浮いているスニーカーがあった。

誰かが来ている、それは間違いない。

スニーカーを見つめていると、不意にリビングの閉められたドアの向こう側から、かすかに声が漏れて聞こえてきた。

誰かと誰かが、なにかを話している。

私はその声を聞きとるため家に上がり、リビングのドアの前に立って耳をすました。

「……花……」

「……君……迷惑……」

やっとのことで聞きとれた声。男の人が言いあっているようだった。

じっと耳をそばだてていると。

「花のことを見てやってください」

途切れ途切れに聞こえていた声が、突然輪郭《りんかく》をもって言葉として聞こえてきた。

この声は……間違いない、蓮だ。

「だから、何度言ったらわかるんだ。部外者の君にどうこう言われる筋合いはないんだよ」

この声は、お父さん。

「あなたにうちのなにがわかるっていうの?」

続けて聞こえてきたのは、お母さんの声。

「お願いします。差別したりしないで、兄弟と同じように花を認めてやってください。成績だけが価値じゃない」

「ったく、本当に物わかりの悪いヤツだ。これだからばかは嫌いなんだよ。なにをあいつに吹きこまれたのか知らんが、あいつの被害《ひがい》妄想が過ぎてるんだ」

「それは違います。花は苦しんでる。家族に存在を認めてもらえないことに」

――『俺が花の声になる』

――『俺が花の居場所をつくってやるよ』

蓮の声に重なるように頭の中で響く、この前の言葉。

ようやくすべてがわかった。蓮は、私の居場所をつくろうと、お父さんとお母さんを説得してくれているんだ。

蓮……。

思わず私は胸の前で手をぎゅっと握りしめた。

今すぐ私も蓮の隣に行って、お父さんとお母さんに胸の中に抱えていることをすべて打ち明けたい。

でも……声が出ないよ……。

お父さんとお母さんの声が耳に届いただけで、喉が締めつけられたように、声が出ることを拒んでいる。

不甲斐ない、情けない……。

視界が涙でぼやける。

蓮が私のためにがんばってくれている。それなのに、なんで私はこんなにも意気地なしなんだろう……。

「仮にあいつが苦しんでいるとして、じゃあなぜあいつは家族と話すことを拒んでいるんだ？　いつもうつむいて、なにも発さない。もっと愛想よくしていればいいものを、自分から家族と接しようとしないくせに」

「――違う」

蓮の声が静かに、でもとても重く響いた。

「違います。花は〝話さない〟んじゃない。〝話せない〟んだ」

「は？」

一瞬、ドアをはさんだ向こう側の空間が、水を打ったようにシンと静まりかえった。

「花は家族の前に出ると、声が出なくなるんです。それだけ、あなたたちがつくりあげた劣等感に苦しんでる。そのことを家族に打ち明けられないで……」

「いい加減にしないか」

蓮の言葉をさえぎるように、お父さんの声が重なった。

怒りを抑えきれていないその声に、思わずビクッと肩が揺れる。

「ベラベラと勝手なことを。そんなチャラチャラした格好して、なにが目的だ？　なにを企んでいるんだ？　毎日毎日押しかけてきて、私たちは君みたいに暇じゃないんだよ」

お父さんの言葉が胸に突き刺さって、視界が揺れる。

そんなこと、蓮に言わないで……。

言葉という悪意の礫《つぶて》を自分に投げかけられるより、蓮に投げかけられる方がもっと苦しくて。

「まさか、私たち家族にうらみでも持ってるんじゃないだろうな」

やめて。やめて、やめて……！

胸が張り裂けそうで、我慢できなくて。

もう、限界だった。

……バンッ。

気づけば、勢いに任せてリビングのドアを開けていた。

椅子に座っているお父さんとお母さん、そして立って頭をさげていた蓮が、こちらを見て驚きに目を見ひらいている。

「花……」

（違う）

そう言いたいのに、口を動かしても声が出てくれない。

蓮はなにも悪くないって、今すぐ否定したいのに。

泣きそうになりながらも、何度も口を動かす。

（違う、違う……っ）

お願い、声出て――。

花、花、がんばって、花……！

「……が、う……違う……！」

声が、出た。

喉に手を当てる。

驚きに、思わず目を見ひらく。

出た……声……。

やがて、喉に触れていた手をこぶしにする。自分の気持ちを奮いたたせるように。

私はこの声で言わなきゃいけないことがあるから。

「蓮は……蓮は、そんな人じゃない。私を助けようとしてくれてるの。蓮を悪く言わないで……」

「花」

蓮と目が合う。

驚きの表情を浮かべていた蓮は、私の視線を受け止めると、勇気づけるかのような強い瞳でまっすぐにこちらを見返した。

『負けんな』

声には出さず、蓮の口がそう動いた。

そうだ。負けるな、自分の弱い心に。

「お父さん、お母さん」

この声で呼んだのは、いつぶりだろう。

自分を勇気づけるように、こぶしを握りしめる力をぎゅっと強め、そして。

「私、今までずっとお父さんとお母さんから逃げてた。ごめんなさい……」

頭をさげた。

「は？」

「え？」

お父さんとお母さんが困惑の声をあげた。

私は……逃げていたんだ。声が出ないことを言い訳にして。

ふたりに向きあうきっかけは、たくさんあったのに。声が出なくても、自分から動くことはできたのに。

自分の殻《から》に閉じこもって、逃げつづけていた。

全部全部、勇気がない私のせい。

そのことに気づかせてくれたのは、ほかの誰でもなく、蓮で。

私はゆっくり頭を上げ、お父さんとお母さんの目を見つめる。

「お兄ちゃんたちと同じ高校に行けなくてごめんなさい。たしかに私はみんなより勉強できない。でも、でも……私がここにいてもいいって、家族の一員だって認めてほしい……。家族の中に入れてほしい……っ」

気づけば、涙が頬を伝っていた。

ひと粒が転がったかと思うと、重力に逆らえなくなったかのように、次から次へとこぼれ落ちる涙。

「私がんばるからっ。認めてもらえるようにがんばるから……」

「花……」

つぶやくような声に顔を上げれば、お母さんが呆然と私を見つめていた。

また泣きそうになりながらも、私の頬はいつしかやわらかくゆるみ、口にはかすかな笑みが乗っていた。

だって。

「お母さん。名前、呼んでくれてありがとう……」

お母さんが私の名前を呼んでくれたから。

こんなふうにお母さんに名前を呼んでもらえたのは、いつ以来だろう。

「え？」

お母さんが、小さく驚きの声をあげる。

「宝物なんだよ、自分の名前。私が小さい頃、お母さん話してくれたよね。『まわりの人を幸せにできるような子に育ってほしい、そう願って〝花〟って名前をお父さんとつけたんだよ』って」

ふたりが意味を込めてつけてくれた、大切な私の名前。

『花』

『花ちん』

蓮、ひかるちゃん。

今はね、この名前を大切な人たちが呼んでくれるんだよ。

まわりの人を幸せにできる子に――。そんなふたりの願い、叶えられるような子にならなきゃいけないね。

「お父さん、お母さん。こんなにも素敵な名前をつけてくれてありがとう」

私たち家族は、少しだけすれ違ってしまった。

でも、やっぱり、私は――。

「私、お父さんとお母さんの子どもでいたい。家族でいたい……っ」

言葉とともに、再び涙があふれた。

ずっと言いたかったこと。でも、勇気がなくて言えなかったこと。

やっと、言えた。

その時、こちらに歩みよったお母さんが、涙で濡れた私の頬に触れた。

私をまっすぐに見つめるお母さんは、悲痛な表情を浮かべていて。

「ごめんね……」

「え？」

思いがけない行動と言葉に、私は思わず頼りない声をあげた。

「苦しんでること、母さんぜんぜん知らなかった。自分から話すことを拒んでいるって、そう思ってたの。でも、ちゃんと見てあげていられなかったんだわ……。ないがしろにしてしまってごめんね。花は、私の娘なのに」

お母さんの言葉が、私の心を包みこんだ。

それまでずっと心をガチガチに固めていた鎖が、一瞬にしてほどけていく。

じん、と鼻の奥が痛んだかと思うと、涙が再びあふれてきて、思わず顔を手で覆った。

「う、うん……っ」

嗚咽《おえつ》を漏らして泣く私の背中をそっとさすってくれるお母さん。

お母さんの手って、こんなにあったかかったんだ。

お父さんはなにも言わず、リビングを出ていこうとする。

でも、すれ違いざま。

「努力を怠《おこた》るんじゃないぞ、花」

さりげなく、そして不器用に投げられた声が私の名を呼んだのを、聞きのがさなかった。

「お父さん……」

厳しいお父さんらしい優しさ。

そのひと言で、もう大丈夫だって思えた。

これからは居場所を見失ったりしない。

ここが、居場所。

私はひとりなんかじゃない——。


「今日は本当にありがとう」

私は蓮を見おくるため、蓮とともに家の外へ出た。

蓮のうしろを歩きながら発した私の言葉に、蓮がなにげなくこちらを振り返る。

「ん？」

私は蓮を見あげた。

「毎日うちに来てくれてたんだね。お父さんとお母さんを説得するために。迷惑たくさんかけて、ごめんね」

何度頭をさげてくれたんだろう。罵倒《ばとう》の言葉だって何度も受けたに違いない。

蓮のことを思うと、胸がきゅうっと締めつけられて、申し訳なくて。

するとズボンのポケットに入れられていた蓮の手が伸びてきて、ぐしゃぐしゃーっと無造作に私の頭を撫でた。

「だから、いちいち謝んなっつーの。俺が勝手にやったことだし」

「蓮……」

少し怒ったような蓮の顔。

そうだった、蓮は遠慮されるのがきらいだった。ごめんね、は失礼だね。

でも、私たち家族がまたわかりあえたのが、蓮のおかげであることは間違いない。

蓮がきっかけをつくってくれた。理由になってくれた。

感謝の眼差しを向けると、蓮が私の頭から手を離しつつ、そっとやわらかく目を細めた。

腕の影《かげ》がなくなって視界が明るくなり、蓮の端正な顔立ちがはっきりと目に映る。

「それに俺、花の両親には感謝してるから」

え……？　感謝？

蓮の口から出た思いがけない言葉に、驚きを隠せない私。

「なんで……？　きらいにならない方が無理なほど、お父さんとお母さんは蓮にひどいことたくさん言ったのに……」

すると、蓮は瞳に真剣な色をにじませた。

「花を傷つけてたことはたしかに許せねぇけど、花を産んでくれたから。今花が俺の

愛読者カード

お買い上げいただき、ありがとうございました！
今後の編集の参考にさせていただきますので、
下記の設問にお答えいただければ幸いです。よろしくお願いいたします。

本書のタイトル（　　　　　　　　　　　　　　　　　　　　　　　　　　　　　　）

ご購入の理由は？　1.内容に興味がある　2.タイトルにひかれた　3.カバー（装丁）が好き　4.帯（表紙に巻いてある言葉）にひかれた　5.あらすじを見て　6.店頭のPOPを見て　7.小説サイト「野いちご」を見て　8.友達からの口コミ　9.雑誌・紹介記事をみて　10.本でしか読めない番外編や追加エピソードがある　11.著者のファンだから　12.イラストレーターのファンだから　その他（　　　　　　　　　　　　　　　　　　　　　　　　　）

本書を読んだ感想は？　1.とても満足　2.満足　3.ふつう　4.不満

本書のご意見・ご感想をお聞かせください。

1カ月に何冊くらい本を買いますか？
1.1～2冊買う　2.3冊以上買う　3.不定期で時々買う　4.ほとんど買わない

本書の作品をケータイ小説サイト「野いちご」で読んだことがありますか？
1.読んだ　2.途中まで読んだ　3.読んだことがない　4.「野いちご」を知らない

読みたいと思う物語を教えてください　1.胸キュン　2.号泣　3.青春・友情　4.ホラー　5.ファンタジー　6.実話　7.その他（　　　　　　　　　　　　　　　　　　　　　　）

本を選ぶときに参考にするものは？　1.友達からの口コミ　2.書店で見て　3.ホームページ　4.雑誌　5.テレビ　6.その他（　　　　　　　　　　　　　　　　　　　　　　）

スマホ（ケータイ）は持っていますか？　1.持っている　2.持っていない

学校で朝読書の時間はありますか？　1.ある　2.昔はあったけど今はない　3.ない

文庫化希望の作品があったら教えて下さい。

学校や生活の中で、興味関心のあること、悩みごとなどあれば教えてください。

いただいたご意見を本の帯または新聞・雑誌・インターネット等の広告に使用させていただいてもよろしいですか？　1.よい　2.匿名ならOK　3.不可

ご協力、ありがとうございました！

お手数ですが
切手をおはり
ください。

郵便はがき

104-0031

東京都中央区京橋1-3-1
八重洲口大栄ビル7階

スターツ出版（株）　書籍編集部
愛読者アンケート係

（フリガナ）
氏　名

住　所　〒

TEL　　**携帯／PHS**

E-Mailアドレス

年齢　　**性別**

職業

1. 学生（小・中・高・大学（院）・専門学校）　2. 会社員・公務員
3. 会社・団体役員　4. パート・アルバイト　5. 自営業
6. 自由業（　　　　）　7. 主婦　8. 無職
9. その他（　　　　）

今後、小社から新刊等の各種ご案内やアンケートのお願いをお送りしてもよろしいですか？

1. はい　2. いいえ　3. すでに届いている

※お手数ですが裏面もご記入ください。

お客様の情報を統計調査データとして使用するために利用させていただきます。
また頂いた個人情報に弊社からのお知らせをお送りさせて頂く場合があります。
個人情報保護管理責任者:スターツ出版株式会社 販売部 部長
連絡先:TEL 03-6202-0311

目の前にいるのは、ふたりがいたからだから」

「蓮……」

不意に、蓮が私に向かって手を伸ばしてきた。

「これ、誕プレ」

「え？　……あっ」

言われて初めて気がついた。

今日は八月十四日。そういえば、私、今日誕生日だった。

私も忘れていたのに、覚えていてくれたなんて。なにか言おうと思うのに、言葉が見つからないよ……。

こちらにさしだされる蓮の手の上には、小さな包み。

「ん」

突然のことに動けないでいる私に、蓮が半ば強引にその包みを押しつける。

「せっかくのプレゼントなんだから、早く開けろよ、それ」

「う、ん」

夢でも見ているような感覚で包みを受け取り、開いていく。

そして包装紙の中から姿を現したものを見て、思わず息をのんだ。

「これ……」

それは、キラキラ輝く長方形のバレッタ。

「俺がもといた世界で、花が欲しがってたやつ」

……だからなのかな。まるで、運命のものに出会ったような感覚がしているのは。

〝ずっとこれが欲しかった〟。初めて見たバレッタを見て、そう思う。

未来の私は、これを欲しがっていたんだ……。

「あっちの世界じゃ、やれなかったから」

「蓮、ありがとう……。すごくすごくうれしいっ。今までで一番うれしいプレゼントだよ……っ」

「ふっ、大げさ」

蓮が苦笑する。

だってだって、本当にうれしいんだもん。

あたりはもう薄暗くなってきたというのに、その中でもバレッタはキラキラと輝きを放っていて。

「早速つけるねっ！」

「おう」

このバレッタをつけているところを蓮に見てもらいたくて、私ははりきって髪にバレッタをつけようと試みる。

だけど、なかなかうまく髪に引っかかってくれない。

「んん……」

苦戦しながらも続けていると、不意にこちらに近づいてきた大きな影が私を覆い、そして私の手の上に手が重ねられた。

「……っ」

それは、言わずもがな蓮の手で。

「ったく不器用すぎ」

蓮の甘い吐息がすぐ上から降ってきて、それは体全体をくすぐるよう。

時々髪に触れる蓮の細い指。

髪に神経は通っていないはずなのに、蓮の指を敏感に感じとってしまう。

あまりの近さに鼓動が騒がしくて、息苦しくて。

もう心臓が限界！　と、ぎゅっと目をつむった時。

「ん、できた」

その声とともに、蓮が少し離れた。

よ、よかった。なんとか心臓は無事だ……。

「あ、ありがとう……っ」

口から出てしまいそうなほど跳ねている心臓を収めて、なんとかお礼を言ったのに、こちらを見つめる蓮はなぜか不機嫌そうな表情で。

お、怒ってるっ？　私ってば、なにかやらかしちゃった⁉

意味もわからずあたふたしていると、

「……なんか似合いすぎてムカつく」

私から目をそらしながら、蓮がぼそっとそうつぶやく。

「ええっ？」

ほめられてるのか、それともけなされてるのか、どちらなのかわからない。

だけど、『似合ってる』って言ってもらえたんだから、いい意味に捉えることにする。

「えへへ、うれしいなぁ」

幸せな気持ちにあふれた笑顔を向けると、怒ったような表情をしていた蓮の顔がつられたようにフッとかすかにゆるんだ。

そして片側の口角を上げ、いたずらな笑みを浮かべる。

「命令、これ大事にしろよ」

「うんっ」

自分の意思を表すように、首を大きく縦に振る。

絶対宝物にする！

ニマニマと笑みを隠しきれないままバレッタを撫でていると。

「そろそろ俺帰るわ」

蓮が別れを切りだした。

腕時計に視線を落とせば、もう七時。私ってば、蓮のこと長く引き止めちゃった。

「家に入るまでここで見ててやるから、早く家に入れよ」

「ありがとう、じゃあそうするね」

蓮に手を振って踵を返し、軽い足取りで庭を歩きだすと。

「……花」

不意に名前を呼ばれ、私はその声に引っぱられるようにして立ち止まり、振り返った。

「ん？」

見れば、庭の入り口に立った蓮が私を見つめていて。

目が合った瞬間、その瞳が細められ、微笑を乗せた唇が開いた。

「花、誕生日おめでとう。生まれてきてくれて、ありがとな」

蓮が紡いだまっすぐな声が、すっと私の胸へと届いた。

不意をつかれ、思わず一瞬視界が揺らぐ。

「……っ、蓮……」

私の口から漏れた声は、今にも透明になって消えてしまいそうなほどふるえていた。

感情の波が一気に押しよせてきて、心が溺《おぼ》れそうになる。

それほどに、呼吸する隙間さえないんじゃないかってくらいに、胸が、体中がいっぱいいっぱいで。

だって、私はもしかしたら、この言葉をずっとずっと待っていたのかもしれないから。

蓮の言葉が、喪失《そうしつ》感も罪悪感も劣等感も、嫌な感情すべてを覆いつくして消化してしまったようで。

はらはら瞳から落ちる涙。

世界が輝いて鮮やかに見えたのは、きっと私の涙のせいじゃない。

第三章

君が幸せなら、それだけでいい。
だからこっちなんか振り返らず、前だけを見ていて。

通じあわないキス

『花ちゃん。あれがベガで、あれがアルタイルだよ』

『へぇー』

『ベガが織姫で、アルタイルが彦星。きれいだね』

先生みたいに星の紹介《しょうかい》をしてくれていたコウくんが望遠鏡から目を離し、こちらに向かって微笑んだ。

優しさがあふれでているようなこの笑顔を見ると、すごく安心する。

『花ちゃんと見られてよかったなぁ』

『私も、コウくんと見られてうれしい！』

『屋上、貸切状態だしね』

優等生のコウくんが、普段はあまり見せないいたずらっ子みたいな笑顔を浮かべて、ニヘッと笑う。

もともと天文部の部活はなかったんだけど、せっかくの七夕だから屋上で一緒に星見ようってコウくんが声をかけてくれた。

これは、屋上の鍵を持っている天文部部長・コウくんの特権。

そしてコウくんは私ひとりを誘ってくれたんだ。

おこがましいけど〝特別〟って感じがして、なんだか胸がくすぐったくなってしまう。

最初の動機はコウくんがいたからだったけど、今はこの天文部に入ってよかったって心からそう思える。

優しいコウくんが、星にあまり詳《くわ》しくない私にも丁寧《ていねい》にいろいろなことを教えてくれたおかげで、たくさんの星を知ることができたから。

隣に立つコウくんの横顔を、そっと盗み見る。

夜空を見あげるコウくんの瞳は、星たちの輝きを反射させて、きらきらと光っていて。

『僕が助けてあげる』

熱で倒れた私をおぶって、家まで運んでくれたコウくん。

あの日から、ずっと好きで。

その思いを伝えたら、コウくんはどんな反応を返してくれるのかな。

今はまだ、勇気が出なくて言えないけど、いつか伝えたい。

私は、コウくんが見ている空と同じ空を見あげた。

——と、次の瞬間、目の前に広がっていた夜空がガラスのように割れ、屋上から学校の階段下へと景色が切りかわる。

そして視線の先に映りこんできたのは、天文部の副部長とキスしているコウくんの姿。

その光景を見て、立ちつくすことしかできない私。

ここからはうしろ姿しか見えないけれど、それがコウくんだってことはわかる。だって好きな人だから。

『コ、ウくん……』

呼びかけた声はかすれて、誰に届くこともなく消えていく。

私は、渡そうとして手に持っていたコウくんへのラブレターを握りしめた。

さっきまで隣にいたはずなのに、今は何万光年も遠くに輝いている星みたいに感じて。

コウくんの姿が次第にぼやけて、揺らめいていく。

コウくんが、いなくなっちゃう——。

「……っ！」

そこで目が覚めた。

私は今の状況をさとり、ベッドに横たわったまま心を落ち着かせるようにため息をひとつ吐いた。

夢、だったんだ……。

だけど正確に言えば、あれは夢でもなくて、私が実際に経験した中学一年生の頃の思い出。

なんでコウくんの夢なんて見たんだろう。

コウくんが私たちの前から姿を消して、もう二年が経っている。

根拠なんてどこにもないけれど、コウくんの夢を見たのには、最近蓮に会えていないことが関係している気がした。

——そう。最近、蓮は学校にあまり来ていない。

「あれー、まぁた蓮ってば学校来てないね！」

ベランダに立つ私の隣。いつの間にかそこに立っていたひかるちゃんの声が、十月の空に響きわたった。

ベランダの手すりに肘をつき、ぼーっと力なくグラウンドを見つめていた私は、ひかるちゃんの突然の登場と、思っていたことを言われたことに驚いて、ビクッと肩をこわばらせた。

「ひかるちゃん！　びっくりしたぁ……」

「蓮ってば、どうしたんだろうねー。自分探しの旅にでも出ちゃったのかなぁ」

私の言葉なんてまるで無視のひかるちゃんは、口を尖らせて手すりにつかまり体を前後に揺らす。

ひかるちゃんの言うとおり、夏休み明けから蓮は学校に来なくなった。

『どうしたの?』ってメッセージを送っても、『花には関係ねぇから気にすんな』なんて素っ気なさすぎる返信がくるだけ。

たまに登校しているのかもしれないけれど、クラスが違うからまったくと言っていいほど会えていない。

今日も、蓮のクラスの男子がジャージを着てグラウンドに向かう姿を見たから、もしかしてと思ってベランダに出てみたけれど、やっぱりそこに蓮の姿はなくて。

本当にどうしたんだろう……。

関係ないって言われても、やっぱり気になるよ……。出席日数とかも大丈夫なのかな。

普通なら今だって、あのグラウンドの隅にグループでたむろって、友達と談笑でもしてるはずなのに。

そこにはいないのに、グラウンドに、ジャージを着た蓮の姿を思いえがいてしまう。

あれから家族と、少しずつだけど距離が近づいてきたよって、話せるようになってきたよって、そう報告だってしたい。

会いたいなぁ、蓮に。

はぁ、と深いため息をつくと、いつの間にかまじまじと私の表情をうかがっていたひかるちゃんがなにかをひらめいたように声をあげた。

「こうなったら、蓮の幼なじみのとこにでも行こっか！　もしかしたら蓮のこと知ってるかもしんないし！」

「え？　幼なじみ？」

蓮に幼なじみなんて、いたんだ。初耳だ。

「そそっ！　蓮と幼なじみイコール、私とも同中！　昼休みになったら、そいつに会いに行こっか！」

ニコッ～と百点満点の笑みを浮かべたひかるちゃんは、予告どおり昼休みになると、私の手を引いて蓮の教室へと向かった。

「いるかな～シノ」

ドアのところで、体をくねらせたり背伸びをしたりして教室の中を覗くひかるちゃん。

蓮の幼なじみ、シノくんって言うのか。

シノくんの姿は知らないけど、私もひかるちゃんのうしろで背伸びをしてそーっと教室を覗いてみる。

蓮のクラスって、私のクラスとはなんだか雰囲気が違うな。

甘い香水の香りが漂っているし、見た目だってみんなキラキラしてるっていうか。

クラスによって、こんなにも雰囲気も違うんだなーなんて考えていると、ひかるちゃんが突然「あっ！」と声をあげた。

「いたいたっ！」

そして再び私の手を握ると、教室の中にずんずんと入っていく。

向かっている先には、教室の中でもひと際目を引くグループがいた。

キラキラ感が、違う。視界にフィルターがかかっているみたいに、その人たちだけが纏《まと》っているように見えるキラキラ。

そうだった。蓮は、キラキラしてた。

あらためてそのことを思い出す。

住む世界が違っていたのに、蓮がいつの間にかその境界線を越えて、私の領域に入ってきてくれたんだ……。

教室の一番うしろに集まり、ロッカーに寄りかかりながら談笑しているそのグループに向かって、ひかるちゃんが呼びかけた。

「シノ！」

その声に、ふわっとした髪を揺らして、ひとりの男子が振り向いた。

と、あらわになった彼の整った顔立ちに、思わずびっくりして息をのむ。

蓮もとってもカッコいいけれど、この人もまた違ったカッコよさを持っている。

ひかるちゃんを見つけたからか、彼の垂れた細い瞳がアーチ型を描き、頬にえくぼが浮かんだ。

「あ、ぴかるん！」

こちらに向かってうれしそうに駆けてくる彼。

目の下のほくろが、優しそうな印象を深めている。

「どーしたの？　ぴかるん」

ぴかるんと呼ばれたひかるちゃんが、ガイドさんのように私を示した。

「シノ、紹介するね。この子が花ちんだよ！」

「は、はじめまして。小暮花です」

突然振られ、緊張しながらも自己紹介をすると、彼の瞳が一瞬開き、そしてすぐまたやわらかく細められた。まるで、猫みたいに。

この人が笑ったら、きっと誰もが心を許してしまうんじゃないかな。

「はじめまして、篠坂依澄です。みんなからは、シノって呼ばれてます」

シノって、あだ名だったんだ。下の名前かと思ってた。

そんなことを考えたのは一瞬で、次の瞬間にはもう私の思考は胸の中に覚えた違和感でいっぱいになっていた。

ふとした違和感は、みるみるうちに大きくなっていく。

あれ、なんだろう……。なにか大切なことを見のがしている、そんな気がして。

「花ちゃんの話は、蓮からたくさん聞いてるよ」

違和感の原因を思い出そうとしていた私の意識は、シノくんの声によって現実世界に引きもどされた。

え？　蓮が？

思わずきょとんと目を瞠ると。

「そう、その蓮！　蓮のことを聞きにシノのとこに来たの！」

まるでシノくんがなにかの問題に正解したかのようなテンションで、ひかるちゃんが声をあげた。

「蓮、なんでこんなに学校来てないの？　花ちん不安がってるんだよ、ずっと」

「蓮に、なにかあったんじゃないかって心配で……」

不安な声を漏らすと、シノくんは眉をさげ、静かに微笑んだ。

「そうだったんだね」

そして、続けて口を開く。

「僕も詳しいことまで知ってるわけじゃないんだけどね、蓮になにかあったとか、体調がよくないとかじゃないよ」

その瞳は、嘘をついている瞳なんかではなかった。

シノくんの落ち着いた口調は、乱れた心に安心感を与《あた》えてくれる。

そっか。蓮になにかあったわけでも、体調が悪いわけでもないんだ。

よかったぁ……。

心からの安堵のため息を漏らし、胸を撫でおろす。

「蓮は目的を持って動いてるんだと思う。だから花ちゃん、心配しないで？　そして、蓮を信じていてあげて？」

「シノくん……」

「ね？」

なにがあっても、私は蓮のことを信じる。絶対に。

「うんっ」

力と決意を込めて首を縦に振ると、シノくんはうれしそうにうなずき、なくなってしまいそうなほどに目を細めて笑った。


それから数日後。

授業を終え、ひかるちゃんと別れた私は、ひとりで家へと歩いていた。

家に帰るまでの時間つぶしのために訪れていたあの丘には、最近行っていない。

時間をつぶす理由がなくなったからだ。

最近は家に帰ると、お母さんの料理の手伝いをしている。

一緒に料理をしている時間は、ふたりでキッチンに立ちながら学校での話など他愛ないことを話すことができるから、私にとって大切な時間で。

まだ少しぎこちない会話だけど、今はその会話が居心地よくさえ感じる。

でも、久しぶりにあの丘にも行きたい。あの場所は、心が落ち着く大好きな場所だから。

明日の帰り道にでも寄ろうかな。なんて考えていると、突然スマホの着信音が鳴った。

ん？　誰だろう。

スマホを取り出そうとポケットをさぐるけど、手にスマホの感触はなくて。

あれ？　ポケットに入ってない……。

あっ！　そういえば、今日に限ってバックに入れたんだった！

あわてて、肩にかけていたスクールバックを開ける。

その間も、ひたすら私を急《せ》かすように鳴りつづけている着信音。

あぁ、ごめんなさいっ！

心の中で着信相手に全力で謝りながらも、やっとスマホを見つけた私は、着信の相手も確認せずに勢いよく電話に出た。

「もしもしっ！」

するとと電話の向こうから聞こえてきたのは、イライラを抑えられていない声。

『おせぇから』

「え？」

この声――。

『うしろ』

その声に導かれるように、うしろを振り返った私は、思わず目を見ひらいていた。

だって。

「れ、蓮……」

そこに蓮が立っていたから。

顔の横にスマホを上げた蓮が、ふっとやわらかく微笑む。

蓮だ、本物の蓮だ。やっと会えた……。

ダメだよ、ちゃんと蓮の姿を見たいのに、涙でぼやかしてる場合じゃない。

「ったく、久々の再会だってのに、なんつーツラ見せてんだよ」

蓮が苦笑しながらも、私に近づいてきてくれる。

「本物だよね……？」

「なに疑ってんだよ。正真正銘本物だから。ばーか」

ああ、そうだ。その憎まれ口はたしかに蓮だ。

「心配してたんだよ？　何事もなかったんだよね、元気なんだよね？」

「何事もねぇって。ったく、ほんと心配性だよな、花は」

よかった、ほんとによかった……。

目に浮かんできた涙をこぼれる前にぬぐいながら、ほっとしていると。

「それより」

不意に蓮が私の手首をつかんだ。そして。

「行くぞ」

唐突《とうとつ》にそう言う。

「へっ？　行くって、どこに？」

さっきまでしんみりしていたのに急すぎる展開に、まったくもってついていけない。

「そんなのどこだっていいだろ」

「で、でも」

「言っとくけど、俺が決めたことに花の拒否権なんてねぇから。ぐちぐち言ってないで、この俺が花の時間もらってやるんだから感謝しろよ」

「ちょ、ちょっと……っ」

そして宣言どおり私のことなんてまるで無視で、そのまま私の手を引いて歩きだす蓮。

相変わらず強引で、俺様で。

でもその強引さが、蓮だってことを実感させてくれる。

その背中を、なぜかずっと追いかけていたい、そう思った。


「よし、とうちゃーく」

「わ、ここっ……」

蓮が連れてきてくれたのは、市内でも有名な緑の山公園。

敷地《しきち》内には観覧車やアトラクションがあって、小さな遊園地みたいになっている。

規模は小さいとはいえ、十分遊んで楽しめる人気スポットだ。

平日の放課後にもかかわらず、中高生や親子連れでにぎわっている。

ここに来たの、いつぶりだろう。小学校の遠足以来かな。

近くにあるのに、ぜんぜん来てなかった。

「今日はぱーっと遊ぼうぜ」

出しぬけに手をさしだす蓮。

「え？」

その意図が把握できず、きょとんと首をかしげると、蓮があきれたようなため息をついた。

「人混みではぐれられても迷惑だから、つかんでてやるって言ってんの」

「あ、ありがとう……」

ドキドキしながらもためらいがちに手を伸ばすと、蓮がしびれを切らしたかのように向こうから手を伸ばしてきて、私の手を握りしめた。

言葉とは裏腹に、優しく手を引く蓮。

手首を握られたことはあっても、手を握られたことはないから、妙にドキドキしてしまう。

より近くに蓮の体温を感じて、全神経が手に注がれる。

うわ、どうしよう。なんだか鼓動が騒がしいよ……。

なんて、ひとりで悶々《もんもん》としていると。

「お、ソフトクリームじゃん。あれ食う？」

蓮が、数メートル先にあるソフトクリームの出店を指さした。

「うんっ、食べたい！」

ソフトクリームの看板を見たとたん緊張はどこかへ飛んでいき、笑みをこぼしながら大きくうなずく。

そういえばお腹ぺこぺこだった。それに甘いもの大好きだしっ！

胸の前で腕を上下にぶんぶんと振っていると、蓮が手の甲を口もとに当てて、そんな私を嘲笑する。

「ふっ、食い意地張りすぎかよ」

「ち、違う……！　蓮が、食べる？　って聞いてきたんじゃない！」

「あーはいはい」

まったく本気にしてない適当な返事。

ちょっと納得いかないけど、ひと口ソフトクリームを食べれば、不機嫌さなんてあっという間に消えてなくなった。

「ん～、おいしーいっ」

甘く冷たいバニラ味のソフトクリームが口の中に広がる。

そのおいしさに、思わず頬に手を当てた。

十月も下旬《げじゅん》。私たちを包みこむ空気は冷たいけれど、そんなのちっとも気にならない。

「おいしいね、蓮」

チョコ味のソフトクリームを食べる蓮に笑顔を向けると、蓮の視線が私のソフトクリームに注がれていることに気がついた。

「おい花。溶けてんぞ、ソフトクリーム」

「え？　どこ？」

「そこ」

「え？　え？」

「だから、そこだって」

溶けている部分を見つけられず、あたふたしていると。

「あ、落ちる」

きれいな顔が近づいてきて、舌を出したかと思うと、蓮が私のソフトクリームをぺろっとなめた。

その動作が自然すぎて、なんのためらいもなくて、一瞬なにが起こったのか理解できなかった。

「セーフ」

蓮がいたずらっ子みたいな笑顔を浮かべる。

でも、少し時間をかけてこの状況を理解しきった私は、それどころじゃなくて。

い、今、私のソフトクリーム、蓮が、な、なめた……！

口をあわあわさせていると、それに気づいた蓮がけげんそうな表情をつくる。

「あ？　なに鯉《こい》みたいな口してんだよ」

「だ、だって、私のソフトクリーム……！」

「なんだよ、ほんとに食い意地張ってんな。落ちそうだったんだから、しょうがねぇじゃん。それに花のものは俺のもの。たかがソフトクリームをひと口食ったくらいで、大袈裟なんだよ」

私が言いたいのは、そういうことじゃないのに……！

でもなにかひとつ言い返したら、百返ってきそうだから黙っておく。

っていうか、間接キスのこと、気にしてるの私だけ？

蓮ってば、これっぽっちも気にしてないみたいだし……もしかして、私の意識のしすぎ？

そのことに気づいてしまうと、はずかしさにカーッと顔がほてってきて、それを隠すようにぱくりとソフトクリームにかぶりつく。

すると、ぷっとふきだす声が降ってきた。

顔を上げると、蓮がおかしそうにくすくすと笑っていて。

「鼻。ソフトクリームついてる」

「ええっ！」

嘘！　さらにはずかしい……！

顔がより真っ赤になっていくのを感じながら鼻をぬぐおうとすると、それより早く、

「食べるの下手くそかよ。まったく花ちゃんは、ほんとお子様だな」

蓮がそう言いながら細い指を私の鼻にちょこんと当て、そこについていたソフトクリームをぬぐった。

そして、ぺろっとその指をなめる。

「んー、やっぱバニラもおいしいな」

「……っ」

またしても、自然すぎる動作に心臓が跳ねあがる。

今日の蓮、なんだか明るい。

でもそれだけじゃない。なんだか、今日の蓮はいつも以上に距離が近い気がする。

蓮から距離をつめてくる、そんな感じ。

このままじゃ、私の心臓いつか爆発しちゃうんじゃないかと、そんなことさえ思えてくる。

だって、蓮といるとちっとも心臓が静まらない。

どうしちゃったんだろう、私……。

それからソフトクリームを食べ終えた私たちは、ふたりで公園の中を歩いた。

「なにか乗り物乗りたいな」

「あれでいいじゃん」

そう言って蓮が指さしたのは、小さなジェットコースター。

「先頭にでも乗ってくるか」

その笑みが、ギラギラと意地悪な光を放っている理由はわかってる。

「私がジェットコースター苦手なこと、知っててそう言ってるんでしょ!」

「もといた世界でネタは持ってるからな。花のきらいなものなら、なんでも把握してる」

微笑みながらも、再びギラリと光る蓮の瞳。

悪魔だ! 本物の悪魔が隣にいる……!

こんな悪魔に、自分のことをなんでも話してる未来の私も恐ろしい。

「ほら、乗ろうぜ」

「無理っ。蓮が乗りたいものに乗ろうよ!」

「俺は花とだったらなんでも楽しいし」

「……っ」

なんて不意打ち。

いつだって、蓮の方が上手。

なんかずるいなぁ、蓮ってば。

赤くなった顔を隠すようにうつむいた、ちょうどその時。

「そこのおふたり！　ちょっといいですか？」

突然かけられた声に、私と蓮は足を止めた。

声がした方を向くと、この公園の制服を着た若いお姉さんが立っていて、その手には大きなインスタントカメラを持っている。

「なんすか」

蓮がだるそうに短く答える。

「この公園では、ご来場くださったカップルの写真を撮っているんです。今なら無料キャンペーン中なので、記念に一枚どうですか？」

「えっ？」
カ、カップル⁉　私と蓮が⁉
「ち……」

〝違います〟

あわててそう否定しようとした声が途切れたのは、突然蓮に肩を引きよせられたから。

な、何事……⁉

「じゃ、一枚お願いします」

パニックになる私のすぐ横から聞こえてきた、蓮の声。

「えっ？」

顔を上げると、蓮はこの状況を楽しんでいるかのように笑っている。

「一枚くらいいいじゃん」

さっきのだるそうな態度とは一変、なぜか蓮はノリノリで。

「で、でも」

第一カップルじゃないし、この体勢にドキドキしちゃって写真どころじゃないっていうか……。

するど不意に蓮が顔を近づけてきて、戸惑う私の耳もとに口を寄せた。

「命令。今だけ、俺のこと好きになれよ」

「……っ」

係りの人に聞こえないような、小さな声。

でも、その甘いささやきが、私の心を激しく揺らした。

な、んで……なんでこんなに動揺してるの？

「じゃあ撮りますよーっ！」

係りの人の声に、ハッと我に返る。

そうだ、写真撮るんだった。

蓮のことを好きだとしたら、私は蓮の隣でどんな顔するんだろう……。

「はい、チーズ！」

カシャッ。

シャッターの音がしたかと思うと、係りの人がカメラから顔を離し、笑顔を浮かべた。

「すごくいい写真が撮れましたよ！」

係りの人から受け取った写真には、笑顔を浮かべた蓮と私。

ほんとだ。すごく自然に笑えてる。

私のうしろから写真を覗きこんだ蓮も、ふっと笑ったのを感じた。

「いーじゃん」

「ね、よく撮れてる」

「へー。これが、俺のこと好きって笑顔か」

「……なっ！」

顔を真っ赤にして振り返ると、蓮が意地悪な笑みを浮かべていて。

「すっげぇそそる」

「〜っ！　はずかしいからやめて！」

「もーらい」

蓮をぽかぽか殴っていると、その隙に私の手から蓮が写真を奪いとった。

「あっ、写真！」

「これは、俺がもらっとくから。花には必要ねぇだろ」

「え？」

必要ないって？

蓮の言葉の意味を理解できず戸惑っていると、蓮が腕時計に視線を向けて声をあげた。

「うわ、もう五時じゃん。ほら、花、遊ぶぞ」

そして私の手を取り、突然駆けだす。

「わっ、待ってよー！」

さっきの言葉の意味はわからないけど、蓮が楽しそうだから、まぁいっか。

蓮といると、一瞬一瞬を大切にしたいと思わされるんだ。精いっぱい心の中に刻みこみたい、そう思う。

それから私と蓮は、たくさんのアトラクションに乗った。

メリーゴーランドでは、蓮が私を抱きあげ、高いところにある馬に乗せてくれた。

コーヒーカップでは、私がギブアップを示しているのに、意地悪な蓮が回しつづけた。

小さな汽車では、私たちふたりしか乗客がいなくて、貸切状態で公園の景色を見て楽しんだ。

たくさん笑って、笑顔が絶えなくて。

私と蓮の間に流れていた時間は、間違いなく何物にも代えられないキラキラしたものだった。

そして。

「最後は、あれ乗るか」

公園内のアトラクションをほぼ回り終えたところで蓮が指さしたのは、虹《にじ》色のゴンドラが回る小さな観覧車。

「うん！」

目の前にそびえ立つ観覧車にテンションが上がって勢いよく返事をした私は、直後蓮の言葉を理解し、しゅんとうなだれた。

最後、かぁ……。なんだかさみしい。

あっという間だなぁ、楽しい時間って。

こういう気持ちになった時に限って、無意識に楽しかった光景を頭の中で映しだし、さみしさに拍車をかけてしまう。

ソフトクリームに、ツーショット写真、たくさんのアトラクション。すごくすごく楽しかったな……。

暗くなった気持ちを隠しきれずため息をひとつ吐くと、蓮が前を向いて歩みを進めたまま、私の手を握る力をぎゅうっと強めた。

「蓮?」

「……今日は帰したくねぇな。このまま離したくない」

ぽつりと放たれたそれは、私に向かって発した言葉じゃない。心の声がうっかり漏れでてしまった、そんな声で。

「え?」

思わず聞き返した私の声に、蓮が立ち止った。

「なーんつって、冗談。真に受けんなよ」

こっちを振り返りそう言う蓮は、私をばかにするいつもの笑顔で。

そ、そうだよね。冗談に決まってるのに、一瞬ドキッとしちゃった。

でも、本心であってほしかったなんて、そんなことを思っちゃうのはなんでだろう……。

自分の気持ちに疑問符を浮かべながらも、私と蓮は係りの人に誘導され、ピンク色のゴンドラに乗りこむ。

私たちを乗せたゴンドラが、ガタンと揺れて、ゆっくりと回り始めた。

眼下に広がる景色が、どんどん小さくなっていく。

メリーゴーランドも、コーヒーカップも、おもちゃの模型みたいに見える。

「うわー、観覧車なんて乗るの久しぶり」

「だろ。花とここに来たかったんだよな、俺」

「え？」

私と……？

その時、風に煽られたのか、ゴンドラがひと際激しく揺れた。

「わっ」

中腰で外の景色を見ていた私は、不意打ちの揺れに思わずバランスを崩す。

――その体を抱きとめてくれたのは、蓮だった。

倒れこむようにして、蓮の肩に顔をうずめてしまった私は、一瞬にして頬が熱を持つのを感じた。

突然のことに体が固まり動けずにいると、不意に蓮の手が私の頭に回った。

そして、ぽんぽんと子どもをあやすようなテンポで頭を撫でられる。

「ったく、なんでこんなあぶなっかしいんだよ」

耳をくすぐる、あきれたような吐息。

「ご、ごめん……」

不甲斐なさに謝りながら体を起こすと、蓮と至近距離で目が合った。

蓮の形のいい唇が、動く。

「ほんと、花といると気が休まらねぇな」

私に向けられたその笑みを見て、動揺しない方が無理だと思った。

だって、悲しいほどにきれいな笑みだったから。

「……っ」

息が、止まるかと思った。

あわてて目をそらすことしかできなくて。

蓮に支えられながら手を引かれ、隣に座るよう誘導される私。

そこに座ったのはいいものの——ち、近い……っ。

向かいならまだしも、隣なんて！

頬にこもった熱は、まだ引いてくれない。

蓮はというと、考えごとをしているような表情で頬づえをつき、外の景色を見つめている。

透明な静寂が私たちを包みこむ。

なにか話さなきゃ。話してないと、余計に緊張する……っ。

「ねぇ、蓮」

かすれ気味の声で、私は名前を呼んだ。

蓮を直視できず目を伏せ、まくしたてるように口を動かす。

「あ、あの、今日は本当にありがとう。蓮とここに来られて、すっごく楽しかった。だからまた……」

「花」

私のたどたどしい言葉をさえぎるように、蓮が私の名前を呼んだ。

反射的に顔を上げた私は、そこにあった蓮の瞳にハッとした。

こちらに向けられた蓮の瞳が悲しいほどにまっすぐすぎて、囚《とら》われたかのように目をそらせなくて。

「最後の命令」

ただ、蓮の唇が静かに言葉を紡ぐのを見ていることしかできなかった。

「え……？」

「俺の言いなりになる契約を解除すること」

「……っ？」

思いがけない言葉に、その意味を理解したとたん、私は目を見ひらいていた。

どういう、こと？

「だから、これも返す」

蓮がポケットから取り出したのは、コウくんへのラブレター。

「もうこれで脅して命令とかしねぇから。これは月島に渡すべきだ」

押しつけられるように渡されたラブレターを受け取りながらも、私の頭は混乱していた。

「な、んで……」

なんで急に、こんなこと言いだすの？

うまく言葉にならなかった疑問に、蓮は目を伏せたまま答える。

「正直、もう飽きたっつーか。俺と花は別々の未来を歩いていくんだし、こんな時間無駄じゃやねぇ？」

「……っ」

言葉が、実体を持った槍のように心に突き刺さる。

なにも言えないでいる私に気づいた蓮が、けげんそうな表情を浮かべた。

「なんだよ、最初はあんなに嫌がってたじゃん」

そう。蓮の言うとおり、最初はこんな関係嫌だった。

それなのに今は、この関係が終わったら蓮との絆がこわれてしまいそうで、それが怖くてたまらない。

「最初は嫌だったけど、でも蓮優しかったから、ぜんぜん嫌じゃなくなったんだよ。この関係があったから、私、蓮と仲よくなれて、だから……」

なにを私はこんなに必死になってるんだろう。

私は蓮にどうしてほしいんだろう。もう永遠に会えなくなるっていうわけじゃないのに。

だけどただひたすら、蓮が離れていってしまいそうで嫌だ。その一心で。

「とにかく、命令だから」

「でも私、……っ……」

食いさがろうとしたその続きを、私は発することができなかった。

唇が、動くことを制されていた。

蓮の手のひらが私の口をふさいでいたから。

そして理解する間も与えず、蓮が押しつけるように私の口をふさぐ手の甲にキスをした。

一瞬、瞳と瞳がかちあう。

いつもより熱を帯びた蓮の瞳の奥に、目を見ひらき驚く私の顔が映って見えた。

次に、混乱しきっていた意識の焦点が合ったのは、蓮が私の口から手を離した時で。

「……っ」

い、今……。

「うっせぇ口。最後にキスのひとつやふたつ奪ってやろうと思ったけど、気が削がれた」

そして、表情のない声で蓮は続けた。

「とにかく、この観覧車降りたら、俺たちは未来どおり普通の友達に戻るから」

――あぁ、今になってようやくわかった。蓮の言いなりが、嫌じゃなかった理由が。

私、蓮の命令に傷つけられたことなんて、一度としてなかったんだ……。

「気をつけて帰れよ」

観覧車から降りて蓮がくれたのは、その言葉だけだった。

こちらを振り返りもせずに歩いていく蓮の背中を追いかける勇気を、私は持っていなかった。

蓮の背中が、私を拒絶しているように見えたから。

蓮は行ってしまった。宙ぶらりんの心ごと、私を取りのこして。

なんでこんなにも、蓮が遠くなってしまったように感じるんだろう。

ひとりでとぼとぼと歩いていると、公園の入退場ゲートにさしかかった。

この線を越えた時、あんなに楽しかった。

だけど、この線を出る時はこんなにも心がさみしさに枯れようとしているなんて、そんなこと思いもしなかった。

「はぁ……」

公園を出た私は、ため息とともに悲しさを吐きだし、また重い足を動かし始めた。

と、その時だった。

「――花ちゃんっ！」

なつかしすぎる声が、私の耳に届いたのは。

う、そ……。もしかして、この声……。

声がした方を振り向いた私は、たぶん泣きだしそうな顔になっていたと思う。

うれしい気持ちと、今もまだきゅうっと胸を締めつけるつらい気持ちとで、ごちゃまぜになる感情。

なんで、このタイミングで……。

あぁ、でもやっぱりあなただ。あなたが、今、目の前にいるなんて。

それは、思いもよらぬ再会。

「コウ、くん……」

思いがけない再会

コウくんは、四年経ってもコウくんのままだった。

まわりを包みこむ優しい雰囲気も、知的な瞳も。

変わったといえば、見た目だけ。中学の頃は私と五センチほどしか変わらなかった背も、今はもう見あげるほどに高くなって、顔立ちもどことなく大人びた気がする。

「花ちゃん」

優しくなつかしい声で、コウくんが私の名前を呼んだ。

また、名前を呼んでもらえる日が来るなんて。すべてを実感したとたんに、じわっと熱くなる目頭。

涙をこらえ、その場から動けないでいる私のもとに歩み寄り、そして。

「会いたかった……」

コウくんは切なさのにじんだ声をあげ、私の両手を握りしめた。

私を見つめるコウくんは、目に涙をためていて。

「花ちゃん、ごめんね。なにも言わずに急にいなくなったりして……」

私は、自分の思いがちゃんと伝わるように、ふるふると首を横に振った。

悲しさと後悔に満ちた表情を見れば、コウくんも私と同じ、つらい気持ちを抱えていたことがわかるから。

「親の都合で引っ越すことになったこと、花ちゃんだけにはどうしても言えなかった。最後まで、花ちゃんとは笑いあっていたかったんだ……。でも、それが余計花ちゃんを苦しめてしまったんじゃないかって、すごくすごく後悔してた」

「コウくん……」

離れていたけど、心はちゃんとそばにあったんだね。

「どうして、こっちに戻ってきたの？」

「実は、またすぐにでも戻ってこられるように、地元近くの大学に入学したんだ。今はひとり暮らししてる」

「そうだったんだ……」

連絡先を交換していたわけでもない私たちは連絡も取れず、そんなことになっていたなんてちっとも知らなかった。

「でも、勇気がでなくて花ちゃんに会えなくて。だけどきっかけができたから、会いに来たんだよ」

「勇気？」

私に会うのに、勇気なんてちっともいらないのに。

なんで？　と首を小さくかしげると、コウくんはちょっと困った表情を浮かべて苦笑した。

「ごめん。それは、こっちの話」

あ、コウくんが笑った。

「コウくんの笑顔、久しぶり」

「花ちゃんの笑顔も、久しぶり」

どちらからともなくくすっとふきだし、ふたりで笑いあう。

ひとり暮らししているアパートは電車で数駅ほどの場所にあるらしく、そのあとコウくんは家まで送ってくれた。

話しながら、コウくんの一人称が〝僕〟から〝俺〟になっていることに気づく。

会っていない間も、コウくんはコウくんの時間を過ごしていて。コウくんがすごく大人に感じる。

——だけどコウくんと一緒にいながらも、なぜか心は蓮のことでいっぱいに埋《う》めつくされていた。


それから、蓮からの命令が書かれたメッセージがくることはなくなった。

だけど〝契約解除〟をされた次の日。私は、下駄箱で偶然《ぐうぜん》蓮と鉢合わせた。

『あ、花』

『れ、蓮……っ』

蓮の姿を認めるなり、ローファーを持ったままテンパってその場に固まってしまう私。

『おはよ』

対して蓮は何事もなかったかのように、ふっと笑ってあいさつの言葉を口にした。

そして、私をその場に残し、歩いていってしまう蓮。

そう、意識してるのは、いつだって私だけで。

蓮の中では、私は完全に〝友達〟になっていた。

蓮のクラスの前の廊下を通る時は、さりげなく教室を覗いてみるけど、見かける時はいつも楽しそうにシノくんたちと話してる。

本当にあの日から、関係とともに距離も変わってしまったみたいだ。

蓮は、なんとも思っていないのかな……。この距離を。

そして蓮といた時間と取って代わるように、コウくんとの時間が増えるようになった。

放課後、講義が終わると学校の近くまでおむかえに来てくれるコウくん。

「コウくん、毎日来てくれるけど忙《いそが》しくない？」

十一月に入った頃。帰り道で私は、コウくんにそうたずねた。

するとコウくんはマフラーに顔を埋めたまま、こもった笑い声をあげた。

「花ちゃんと会えなかった時間を、ちょっとでも取り戻したくて」

「……っ」

コウくんはおとなしそうな見かけによらず、思わずドキドキするようなことを直球で言ってくる。

こんな神対応してたら、大学でもモテまくってるに決まってる。

「コウくんって優しいよね」

「え？」

並んで歩くコウくんがきょとんと目を丸くして、こちらを見た。

「優しい？」

「うん。昔も今も、そういうとこ変わらないなーって。私が傘《かさ》を忘れた時だって、自分は持ってるって嘘ついて、貸してくれたよね」

「はは。結局、嘘ついたこと、バレちゃったんだっけね」

「うん。ずぶ濡れになって帰るコウくんの目撃情報があって」

「なつかしいなー。花ちゃん、泣きそうになりながら怒ってくれたよね。『コウくんが風邪引いたらどうするの！』って」

その時のことが鮮明に思い出され、思わず赤面する。

「お、覚えてるの？」

「もちろん」

あんな姿をまだ覚えられてるなんて、はずかしい。

赤くなった頬を両手で包みこみ、その熱を冷まそうとしていると。

「でも」

コウくんが短く言葉を続けた。

「誰にだって、そんなことするわけじゃないよ」

「え？」

さっきまでのくだけた口調とは違う、真剣味を帯びた声に、私は思わず視線をコウくんに向けた。

「花ちゃんはずっと、俺にとって大切な人だから」

「コウくん……」

ドキッと心臓が揺れた。

コウくんの瞳はそらせないほどに、その奥に強い光を秘めているようで。

その瞳から逃げるように、私はあわてて思いついた疑問を投げかけていた。

「そ、そういえば、彼女さんは元気？」

「え？」

きょとんと目を丸くするコウくん。

まるで、私の言っていることの意味がわからないというように。

「なんのこと？　俺、彼女なんていたことないけど」

「でも、天文部の副部長とコウくんがキスしてるとこ見た……」

「えっ、そんなことしてないよ！　副部長には彼氏がいたし、見間違いじゃないかな、それ」

「嘘……」

じゃあ、ずっと誤解してたってこと？

コウくんが嘘をつくとは思えないし……。

ふと、ラブレターのことを思い出し、私は立ち止まった。

『これは月島に渡すべきだ』

そう言って蓮から返されたラブレター。

失恋したから封印していたけど、じゃあ今は――？

「花ちゃん？」

コウくんがそこでやっと、私が隣を歩いていなかったことに気づいたようで、こちらを振り返った。

「あ、あのね、……っ」

開いた口から、言葉が──出てこなかった。

「どうしたの？」

「う、ううん。なんでもない！」

不思議そうにこちらを見つめるコウくんに、私はあわてて笑顔を取りつくろって首を横に振る。

でも内心は、自分自身にひどく戸惑っていた。

中学時代だったら、きっと『好き』って言っていた。

でも今はコウくんに対してどんな感情を抱いているのか、とっさに自分の気持ちが見つけられなかった。

終わったはずの初恋は終わっていなくて、でも好きって言葉は出てこなくて。

ざわざわとざわめいている心をどうすることもできないまま、私は取りつくろった笑みを崩さないようにコウくんのもとへと駆けた。

プレゼントに思いを乗せて

寒い風が街全体を包みこむ、十一月最終日。

ＳＨＲ終わりの休み時間、私の机の前に立ったひかるちゃんが、ハイテンションでスケジュール帳を胸の前に掲げた。

「花ちん花ちん！　明日はなんの日でしょーかっ」

ひかるちゃんのシャープペンが指し示しているのは、明日、十二月一日。

「明日？　数学の小テストの日？」

「そうそう。ベクトルぜんぜんわからないから勉強しなきゃ……って、違ーうっ！　蓮の誕生日だよ、誕生日！」

ひかるちゃんの華麗なノリツッコミで、私は初めて知った。明日十二月一日が、蓮の誕生日だということを。

「蓮の、誕生日……」

知らなかった。未来から来た蓮は、私の誕生日を覚えていてくれたっていうのに。

蓮は自分のことをあまり話さないから、私は自分が思っているより蓮のことを知らないのかもしれない。

そんなことを考えていると、突然ひかるちゃんが机に手をつき、ずいっと顔を寄せてきた。

「プレゼント、もちろんあげるんだよねっ？」

「で、でも、迷惑じゃないかな」

不安をぽつりと口にすると、ひかるちゃんは真剣な瞳で首を横に振った。

「蓮は絶対、花ちんの気持ちを迷惑だなんて思わないよ」

「え？」

「すっごぉく喜ぶと思うな、花ちんのプレゼント。それに、最近あんまり会えてないじゃん？　蓮と花ちん」

ひかるちゃんの核心《かくしん》を突く言葉に、私は伏し目がちに小さくうなずいた。

「うん……」

ひかるちゃんの言うとおり、クラスが違うからか最近ぜんぜん会話を交わしていない。

「だからさ、これを機に、また距離を縮めればいいと思う！　これからもよろしくねって意味で。ぜ〜ったい、プレゼントあげた方がいいよ！」

そっか、そうだよね。

「……そうする！」

ひかるちゃんに背中を押されるようにして、私は決意の声をあげた。

無意識のうちに、蓮と距離を取ろうとしていたのかもしれない。

また離れてしまったらどうしよう、前みたいに話せなかったらどうしよう。そんな不安が先立って、なにも行動を起こせずにいた。

でもやっぱり、蓮と会えないでいる時間はさみしくて。

また蓮とたくさん話したい。たくさん笑いあいたいんだ――。


そして、蓮の誕生日。

ひかるちゃんから蓮はチョコが好きだという情報をもらい、昨日手作りしたチョコをスクールバッグに忍ばせて登校した私。

誕生日を知ったのが昨日だったから高価なものは準備できなかったけど、トリュフにブラウニーにひと口ケーキなど種類も豊富にそろえたから、喜んでもらえたらいいな。

スクールバッグを机に置き、いつものようにひかるちゃんと談笑していると、突然、グラウンドの方がざわめき始めた。

「ん？　どうしたんだろう」

首をかしげながら、ひかるちゃんと連れだってベランダに向かう。

見ればグラウンドの真ん中あたりに、女子の人だかりができていた。

その中心にいるのは、蓮。

どうやら、蓮がつくった人だかりらしく。

「蓮くーん！　お誕生日おめでとう！」

「プレゼント、受け取って〜！」

黄色い声が、ここまで聞こえてきた。

登校中グラウンドを歩いていたら、誕生日をお祝いしようとする女子に囲まれてしまったらしい。

当の本人の顔には、二階のベランダから見てもわかるほど「めんどくさい」とはっきり書かれている。

「蓮、相変わらずモテモテ〜。そりゃあ、あの容姿じゃあなぁ〜」

手すりにもたれながら、ひかるちゃんが感嘆の声をあげる。

カッコいいしモテるのは知ってたけど、こんなふうに目のあたりにすることはあまりなかった。

女子に囲まれる蓮をなにもできずに見つめていた私は、無意識のうちに胸の前でぎゅうっと手を握りしめていて。

なんでこんなにモヤモヤしてるんだろう、私……。

「花ちん、放課後になっちゃったよ!?」

ひかるちゃんの的確すぎるツッコミに、私は間違いを指摘された子どものように、机に座ったままうなだれた。

「うぅ……」

もう放課後だというのに、依然蓮にお祝いの言葉も贈れていないまま。

だって、蓮をお祝いしようと機会をねらってる女子が、いつも蓮の近くにいるんだもん。

そうやって、休み時間も昼休みもタイミングを逃し、とうとうこの時間になってしまったというわけだ。

お祝いをするだけで、こんなにも苦戦している自分が情けなくて不甲斐なくて、ガクッともう一段階肩を落とした。と、その時。

「あああああ！　花ちん！　花ちん！」

絶叫《ぜっきょう》にも似たひかるちゃんの大声に、私はびくっと肩を揺らして顔をあげた。

見れば、あわあわと口を動かしているひかるちゃんが窓の方に顔を向けたまま、そちらを指さしていて。

「どうしたの？」

不思議に思いながら立ちあがり、ひかるちゃんの視線の先を見ると、そこには校庭を歩く金髪の男子のうしろ姿。

スクールバックを背負った蓮が、校門に向かって歩いているところだった。

帰るんだ、きっと。

「花ちん、早く行かなきゃ！　蓮が帰っちゃうよ！　これを逃したら、誕生日が終わっちゃうっ！」

訴えかけるような瞳で私の腕をつかみ、ぶんぶんとその手を上下に振りながら声を張りあげるひかるちゃん。

〝これを逃したら、誕生日が終わっちゃう〟……。

「い、行ってくる……っ」

「行ってらっしゃぁい！　フレーフレーッ、花ちーん！」

半ばひかるちゃんの勢いに押されるように、スクールバックにしまっていたプレゼントを手に取ると、私は教室から駆けでた。

もう心に迷いを生む余裕なんてなかった。

ただひたすらリノリウムの床を蹴り、足を前へ前へと動かす。

早く蓮のところに行かなきゃ。

だって、このままじゃ嫌なんだよ。

観覧車の中で見せた、蓮の悲しそうな瞳。そして、手の甲でさえぎってキス。なぜあんなことをしたのかわからないけれど、あの時の瞳が今もまだ脳裏にこびりついている。

蓮のことを思い出そうとすると、あの瞳がなにより先に頭に浮かんでしまう。お願い、笑顔を見せて。思いだすのはやっぱり笑顔がいい。

「……蓮っ！」

校門を出て少し走ったところで、やっと蓮に追いついた。

息もきれぎれでやっとのことであげた声を、彼は拾いとった。

白いマフラーを巻き、ポケットに手を突っこんで歩いていた蓮が、ゆっくりとこちらを振り返る。

「花？」

あぁ、蓮だ。

蓮が驚いたように少し目を見ひらいて、黒目がちの瞳でこっちを見てる。私を、見てる。

「久しぶり……っ」

膝に手をつき、はぁはぁ、とまだ荒い息を整えていると、蓮の目もとがふっとゆるんだ。

「たしかに久しぶりだな」

走ったせいでバクバクと騒がしかった鼓動が、蓮の視線を浴びて、さらに忙しなくさざめきだす。

「そういえば、最近月島とどうだよ」

話題を切りだしたのは蓮だった。

蓮の声とともに吐きだされた息が、白い靄《もや》をつくる。

唐突に飛び出したコウくんの話題に、私は思わず目を見開いた。

「……え？　コウくんと会えたこと、知ってるの？」

「そりゃ、校門前で月島と楽しそうに話してるとこ見ればな」

み、見られてたんだ……。

「いいヤツそうだな。花、見る目あんじゃん」

その時、胸の中に生まれた、ある違和感に気づいた。

あれ……？　なんで蓮が、コウくんの顔を知っているんだろう。

私といるところを見ても、それがコウくんだとはわからないはず。

だって、会ったこと、ないよね？

……って、今はそんなことより！

「蓮！」

「ん？」

「お誕生日、おめでとう」

「おー、さんきゅ」

「いっぱいプレゼントもらった？」

私の問いに、蓮があきれたような表情をつくった。

「あぁ。でも、腕時計だの香水だの、もらってもそのぶん返せないもんばっかりだからもらってねぇけど」

吐きすてるような蓮の物言いに思わず絶句し、そして遅れてやってくる調子はずれな声。

「……っ、え、えぇっ？」

そ、そんな高価なものばっかりプレゼントされてるの!?

とたんに自分のチョコが、すごく貧相で無価値なものに思えてくる。

「そ、そっか……」

手作りチョコなんてこんなもの、はずかしくて渡せない。

「帰るとこ邪魔しちゃってごめんね。それじゃ……」

すっかり意気消沈《いきしょうちん》し、ポケットに入れていたプレゼントをぎゅと握りしめ、教室に戻ろうとした、その時。

——ぐいっ。

突然腕をつかまれ、蓮の前にあらわになる私の右手。

その手には、蓮へのプレゼントがしっかり握られていて。

「この手に持ってるものはなんだよ」

追及《ついきゅう》するような鋭い蓮の声。

ば、バレちゃった……。

こうなったら、隠してもムダだ。

蓮の手がほどかれると、私はプレゼントを背中に隠し、うつむいた。

「こ、これは……。プレゼント作ってきたんだけど、やっぱり違うの買ってくるね。みんなと比べたら、渡すのもはずかしいくらいたいしたものじゃないから……」

気持ちが反映されるかのように、言葉じりがしぼんでいく。

すると、不意にコツンと額を小突かれ、あきれたような声が降ってきた。

「そんな余計なことすんじゃねぇよ。誰もいらないなんて言ってねぇだろ」

「え？」

思わずガバッと顔を上げると、蓮が無愛想な表情を浮かべ、つっけんどんに手をさしだしていて。

「ん。しょうがねぇからもらってやるよ」

「い、いいの？」

「花の気持ち、こもってるんだろ」

もちろんだよ。蓮が幸せになりますようにって、それぱっかり考えてた。

その気持ちが少しでも伝わるように、力強くうなずいて肯定する。

「うん、たくさん込めたよ」

「なら、俺にはどんなものより価値があるんだよ、ばーか」

「蓮……」

「いいから、早くよこせよ」

蓮の言葉は、いつだって私の心の不安を払拭してくれる。

蓮の誕生日なのに、もらってばっかりだな、私。

私は背中に隠していた箱をさしだした。

「はいっ。チョコが好きだってひかるちゃんに聞いたから、いろんなチョコ作ってみたの」

「花の手作りか」

蓮が箱を手に取り、目の高さまで持ちあげ、物めずらしそうにカタカタと揺らす。

そして私に視線を戻すと、いたずらっ子みたいにフッと笑った。

「不味かったら承知しねぇからな」

蓮が、前みたいに私に向けて笑ってくれた……。

ずっと、見たかったんだよ、この笑顔を。

「なにニヤニヤしてんだよ」

「えっ？　ニヤニヤしてた？」

「ひとりでニヤニヤしてた。なに考えてたんだよ」

「なんでもないよーっ」

ゆるゆるになった頬を引きしめることなんてできず、私はさらに目を細めて笑った。

あぁ、私は蓮の笑顔を見ると、こんなにも安心するんだ。

こんなにも簡単に笑顔が移っちゃうんだ。

ずっと、この笑顔を見ていたい。

蓮が笑うたび、なぜかちょっとだけ泣きそうになって、胸があったかくなる。

と、その時。

「お待たせ、花ちゃん」

おだやかな声がして振り返ると、コウくんが少し離れたところに立ち、手を振っていた。

「あっ、コウくん……！」

「じゃ、邪魔者は退散するか」

コウくんの姿を見るなり、ボソッとつぶやく蓮。

……え？

「花、誕生日プレゼントさんきゅ。これからもよろしくな、友達として」

私の背後に立っていた蓮がチョコが入った箱をカタカタと振りながら、コウくんにも聞こえるくらい大きな声でそう言った。

そして。

「行けよ、あいつんとこ」

小さく耳打ちして、トン、と私の背中を押した。

「……っ」

バッと振り返ると、蓮が目を細めてやわらかく微笑んでいて。

「じゃあな、花」

そして、私になにも言わせないまま、踵を返して歩いていってしまう。

〝またね〟って、言わせてもらえなかった。

「れ……」

「花ちゃん」

思わず蓮を呼び止めようとした私を、コウくんが呼んだ。

「遅くなってごめんね。……大丈夫？」

コウくんの方を見れば、その瞳は不安げな色に染まっていて。

ためらいがちに心配してくれたのは、きっと蓮のこと。

そんな顔されたら、なぜだか目がそらせなくなるよ、コウくん。

「うん、大丈夫」

これ以上は心配をかけまいと、笑みをつくる。

永遠に会えなくなるわけじゃないのに、なぜか蓮が遠くに行ってしまいそうな気がして、不安になっちゃった。

「そっか」

コウくんが心配そうにしていた表情をやわらげ、そしてなにかを思い出したように目を輝かせた。

「あ、実はね、今日は花ちゃんに渡したいものがあるんだよ」

「え？」

ポケットをゴソゴソとさぐるコウくん。

そしてさしだされたのは、小さな小包。

「プレゼントだよ、花ちゃん」

「えっ？　これ、私に？」

「うん。開けてみて?」

言われるまま小包を開けた私は、思わずあっと声をあげた。

「これ……」

目に飛び込んできたのは、プラネタリウムのチケットだった。

「コウくん、超《ちょう》能力者みたい……」

チケットを見つめたまま、思わずぽつりと口から言葉がこぼれでた。

「え?」

私はガバッと顔を上げ、コウくんを見つめた。

たぶん、この時の私の目は輝いていたんじゃないかな。だって。

「ずっと行きたかったの、ここ……!」

コウくんが引っ越してしまってから建てられたこのプラネタリウム。

星を教えてくれたコウくんと、いつか一緒に行きたい。そう願っていたんだ。

そこにまさか、コウくんから誘ってもらえるなんて。

「ありがとう、コウくん!」

満面の笑みで感謝の気持ちを口にする。

するとコウくんは、なぜか一瞬悲しそうな笑みを浮かべて、でもそれは見間違いだったのかと思うほどすぐにかき消し、ニコッと笑った。

「今度一緒に行こうね」

帰宅した私は、スクールバッグを肩から降ろす。

そして勉強机に腰かけたところで、ふと、スマホのメモ帳にたまったままのメモのことを思い出した。

スマホをブレザーのポケットから取り出し、メモ帳を開く。

そこには、暗い感情を封印したメモが変わらずたくさんあった。

きっと前までは書く一方で、振り返ることすらできなかったこのメモを、勇気を振りしぼって一件ずつ開いていく。

ひと通り読み終えた私は、そこにたまっていたメモをすべて削除することを選択した。

決意するとか、そういう以前に、自然と選択していた。

……ずっと、このメモ帳が心のよりどころだった。

心の中からあふれでてしまいそうな暗い感情を全部ここに書きこんで発散して、それによって危うい心の均衡《きんこう》をどうにか保っていた。

でも、今なら、このメモを消せると思った。

――だって。

ここに書きこんでいたまっ黒で苦しかった悩みが、いつの間にか全部なくなっていたから。

交錯《こうさく》する思い

「今日、コウくん？　だっけ？　とデートなんでしょ～？　いいなぁぁ！」

お弁当のご飯を咀嚼していた私は、ひかるちゃんの口から飛び出した〝デート〟って単語に思わずむせそうになるのを、なんとかこらえた。

あぶないあぶない……！

しっかりと噛んで飲みこんでから、あらためて私は否定の声をあげる。

「違うよ、デートなんかじゃないからっ」

今日の放課後、この前もらったチケットで、コウくんとプラネタリウムに行くことになっている。

ただ、デートではない！

「えぇぇ～？　怪しい～！　だって、初恋の人なんでしょ？　初恋なんて運命だよ、運命！　花ちんは、その彼とくっつく運命なんだよ！　ひゃぁ～、素敵～ぃ！」

後半からはもう目をキラキラ輝かせて、冗舌《じょうぜつ》になるひかるちゃん。

「たしかに、初恋は初恋だけど……」

「うわぁぁぁ、うらやましい！　花ちん、攻めるべきだよ、これは！　このプラネタリウムデートで距離をつめるの！　まずは、手をつなぐことからだよ！　プラネタリウムっていったら、真っ暗でしょ？　だから、真っ暗闇《やみ》の中でどさくさに紛れて手の上に手を乗せて、『あっごめん！　間違えちゃって……。でも、コウくんの手あったかいね♡』って顔を赤らめながらモジモジ言うの。そしたらきっと彼は……」

なにかのスイッチが入っちゃったひかるちゃんによるマシンガントークに、ポカンと口を開けたまま置いてけぼりの私。普段から元気だけど、こんなにしゃべる姿は見たことない。

結局、ひかるちゃんの恋愛講座は、午後の授業の予鈴《よれい》が鳴るまで続いた。

そして、いよいよ放課後。

コウくんとは現地集合になっているから、ひとりでプラネタリウムへと向かう。

でも足が地につかず、なんとなくふわふわと浮いている感じがするのは、ひかるちゃんの恋愛講座の影響か、あることを思い出していたから。

それは、前に海で蓮が言っていたこと。

『花は二十年後、月島と結婚してた。すっげぇ幸せそうにしてたよ、花』

私、コウくんと結婚するんだ。

二十年後には、コウくんと結婚して幸せになってる未来がある……。

未来を考えるたびに次から次へといろんな感情がわきあがってきて、胸をずっとざわめかせている。

でも、その感情がなんなのか、わからなくて。

わからないから、モヤモヤする。

ずっと好きだったコウくん。失恋が私の思い違いだったって発覚したのに、なぜか素直に喜べない。

こんなにもモヤモヤグルグルするのは、なんでなの……？

こんなごちゃ混ぜな感情を抱いているのに、コウくんとどんな顔して会えばいいんだろう。

「はぁ……」

いろいろなことが浮かんで酸素の回らなくなった頭を整理するように、ため息をはきだす。

『蓮は幸せそうだった？』

『幸せそうだったよ。可愛い奥さんと娘がいて』

同じ二十年後でも、蓮には違う人と結婚する未来があって。

頭に浮かぶのは、蓮のうしろ姿と、その隣に並んでいる見たことない女の人のうしろ姿。

「蓮……」

予期せず口からこぼれたように、ぽつりとつぶやいた時、視界の端にプラネタリウムの建物の丸い屋根が映った。

考えごとをしていたら、もうここまで来てたんだ……。

でも、あれ……？

ふと、プラネタリウムのある異変に気づき、立ち止まる。

と、同時に、遠くで誰かの泣き声が聞こえた。

＊＊＊

「月島ー、次の講義行くぞー」

「うんーっ」

友人の呼びかけに返事をしつつ俺はスマホを手に取り、メッセージの受信がないか確認した。

もう何度目だろう。

でもやっぱり、受信の通知はこなくて。

大丈夫、だよな?

心に宿る不安は、なんの通知もこないスマホを見るたびに大きくなっていく。

——原因は、プラネタリウムだ。

今日の放課後、花ちゃんとプラネタリウムに行く約束をしていた。

だけど、さっきの昼休み。食堂でスマホを使って今日のプランを立てていた俺は、プラネタリウムのサイトに書いてあった文字を見て愕然とした。

『本日は休館です』

よりによって、今日が休館日なんて。

俺はスマホに釘づけになっていた視線を、食堂にかけられた時計に向けた。

約束は、四時に現地集合。

もう一時だから、三時間後には約束の時間だ。

とりあえず、花ちゃんに休館日だということを知らせないと。

『プラネタリウム休館日だった! 俺の調べ不足でごめん! 今日は、いつもどおり学校で待ってて』

そう打ったメッセージを花ちゃんに送ったのだけれど、三時になっても返信がこない。

いつもだったら、すぐ返信がくるはずなのに。

電話をかけてみても、ツーツーツーツーと、無機質な電子音が返ってくるだけ。

まさか、もうプラネタリウムに行ってしまったんじゃ……。

不安げな表情で道をさまよう花ちゃんの姿が脳裏をかすめる。

今日が休館日だってこと、もっと早く確認していればよかった。

ごめん、花ちゃん……！

心配な気持ちと後悔とに押しつぶされそうになって、俺は講義が終わるとすぐ、花ちゃんの高校へと急いだ。

早足で歩いてきたため、息を切らしてたどりついた校門前。

だけど、いつもいるはずのその場所に、やっぱり花ちゃんの姿はなかった。

プラネタリウムに向かったのだとしたら、休館日だということを知って、家に戻ってくれていればいいんだけど……。

依然、スマホはつながらないまま。

今すぐにでも花ちゃんがどこにいるのか確かめたいのに、それではなす術もない。

ちっとも役に立ってくれないスマホを握りしめ、途方にくれていたその時。

「ひゃーっ！　蓮からありがとうなんて、中学からの付き合いで初めて言われたんだけど！　明日雪降るんじゃない!?　ねぇ、シノ！」

「ふふ」

「うっせーな、ひかる。たまにはいいだろ。俺だって、感謝くらいするっつーの」

校庭の方から聞こえてきた、数人の声。

その中の聞き覚えのある声と名前に、条件反射のようにそちらを向いた。

すると、校門から出てきた三人組のうち、ポケットに手を突っこみながら歩いてきたひとりと目が合った。

「……あ」

「蓮くん」

蓮くんが立ち止まると、まわりのふたりもつられるように立ち止まった。

俺は、すがるような瞳で蓮くんを見つめる。

「蓮くん、花ちゃんを知らない？」

「え？　花？」

すると突然、蓮くんの隣に立っていた赤い髪のショートカットの女の子が俺と蓮くんの間に割って入ってきた。

「あなた、コウくんさんですよね⁉　花ちんなら、今日はあなたとプラネタリウムに行くって」

「もう出ちゃった？」

「はいっ、結構前に。なにかあったんですか？」

遅かったか……。やっぱりメッセージ見ていないんだ。

俺が、もっと早く気づいていれば……。

「参ったな……。今日はプラネタリウムが休館なんだ。でも行きちがいになっちゃって……」

俺の言葉に、三人が目を見ひらいた。

「あっ、あたし、花ちんの家電知ってるから、電話してみますっ！」

赤い髪の女の子が、カラフルなパーカーのポケットからスマホを取り出し、電話をかける。

電話越しに数言交わしていた彼女は、スマホを耳から離すと、眉間にシワを寄せ力なく首を横に振った。

「花ちん、家には帰ってないって……」

そんな……。

ますます不安がつのる。

どうすれば、なにができる、俺に、なにが。

言葉だけが頭の中でぐるぐると渦を巻いて、なんの解決策も導きださないまま消えていく。

次から次へと、嫌な予感が脳裏をよぎる。

「スマホにもつながらないんだ。なにか、あったわけじゃ……」

心配な気持ちが抑えきれず、そうつぶやいた、その時。

立ち尽くす俺の隣を、サッとなにかが横切った。

「蓮……っ」

それまでオロオロと状況を見ていたもうひとりの男の子が声をあげた。

見れば、蓮くんが駆けだしていて。

彼の足に迷いはなかった。

俺は、なにもできないで立ちつくしていたというのに。

「どうしよう、蓮、今——」

男の子が悲鳴にも似た声をあげ、俺はその言葉に目を見ひらいた。

＊＊＊

「ありがとうございます、助かりました。あとはこちらでお預かりしますので」

「よろしくお願いします」

私はまだしゃくり上げている男の子の手をそっと離し、警察官に頭をさげた。

プラネタリウムが休館だと知って学校に戻ろうとした時、この男の子が泣きながらお母さんを捜しているところに遭遇《そうぐう》した。

そして一緒にお母さんを捜していたら、この交番を見つけ、連れてきたというわけだ。

「もう大丈夫。絶対にお母さん、むかえに来てくれるからね」

男の子の前にしゃがみ込み、少しでも安心できるようにそう言いきかせる。

すると男の子は涙がたまった目をゴシゴシとこすりながら、うん、とうなずいた。

「ぐすっ、おねぇちゃん、ありがと……」

「どういたしまして。じゃあね」

男の子に笑顔を向け、立ちあがり、私は交番をあとにすることにした。

お母さんが見つかるまで、そばにいてあげたい気持ちはあるものの、私も、こうしてはいられない。

学校を出てからもう一時間が経ってしまった。

早くコウくんに電話しないと。プラネタリウムが休館日だってこと、知らなかったらいけないし。

通行する人たちの邪魔にならないよう、交番の近くの細い路地へと移動した私は、ブレザーのポケットからスマホを取り出し、電話を……。

って、あれ？　スマホが起動しない。

あぁ！ 充電切れてる！

何度電源ボタンを押しても、電源が入るわけがなく。

いつの間に充電切れてたんだろう……。

これじゃあコウくんに電話できない。どうしよう……。

路地のど真ん中で、スマホを握りしめ立ちすくんでいた、その時。

「花！」

突然名前を呼ばれ、条件反射のように顔を上げた私は、驚きに目を見ひらいた。

だって、蓮がこちらに向かって走ってきていたから。

「蓮？」

なんでここに蓮が？

しかも、息の荒さと乱れた制服から、ずっと走っていたことがわかる。

そんなにあせって、どうしたの？

クエスチョンマークばかりを浮かべた私のもとへと駆けつけた蓮は、足を止めるなり私の肩をガシッとつかんだ。

その顔は心配とあせりの色で染まっていて。

「花、無事か……⁉」

「う、うん」

状況を把握できず、困惑気味に答える。

それでもまだすごい剣幕で迫ってくる蓮。

「なにしてたんだよっ」

「迷子の子を交番まで連れていってた……」

その言葉を聞くなり、肩をつかんでいた手がずるずると落ち、ぎゅうっとかすかな力で私の腕を握りしめた。

そして「はぁぁ～」と深いため息をついたかと思うと、コツンと私の肩に額を乗せた。

蓮の温もりが伝わってくるかのように、体に熱がこもる。

「れ、蓮……っ?」

「連絡つかねぇから、まじであせった……」

耳にかかる、脱力《だつりょく》したような蓮の吐息。

あまりの近さに心臓が跳ねあがる。

と同時に、この状況をようやくさとった。

「も、もしかして、捜してくれてたの?」

「そーだよ。月島が、花になにかあったんじゃないかって言うから。プラネタリウムも花ん家も月島ん家も、どこ行ってもいねぇし……」

そう、だったんだ……。

蓮はまだ肩で息をしてる。

私を捜すために、ずっと走り回ってくれていた蓮。

私がスマホの充電を切らしたばっかりに、たくさんの人に迷惑をかけていたんだ。

「ごめんね、心配かけて」

心からの謝罪の言葉を述べると、蓮がそっと頭を上げた。

その顔つきは、安堵からかやわらかくて。

「無事だったから、いいよ。花が無事ならそれで」

「蓮……」

「道に迷ってたわけじゃねぇなら、学校までの戻り方はわかってるんだよな?」

「うん」

「なら、月島が顔をまっ青にして心配してたから、早く学校に行って安心させてやれよ」

「え?　蓮は?　蓮は一緒に帰らないの?」

「俺はひとりで帰るからいいよ。そこらへんブラブラして帰る」

……違う。

蓮は私に隠してることがある。

「蓮、足ケガしてるんだよね？」

ハッとしたように、蓮の顔が一瞬こわばった。図星をつかれたように。

やっぱりだ。

足をケガしてるのに、私のこと捜しに来てくれたんだ……。

こっちに駆けよってくれた時の蓮に、違和感を感じていた。右足だけ引きずっているような、そんな違和感。

「ケガしてる蓮のこと、置いてなんかいけない」

「大丈夫だって。たいしたことねぇから、花は気にすんな」

「でも」

「俺のことなんてどうでもいーから、早く行けよ」

蓮が、突きはなすかのように語気を強めた。

だけど私はふるふると首を横に振って、声を張りあげた。

「やだ……！　私にとってはどうでもよくない……。私はもう蓮の言いなりじゃないよ。だから、私の意思で蓮と帰るっ……」

「花」

「私はずっと蓮に助けられてばっかり。でも、蓮の力にだってなりたい。蓮が大変な時は、私が助けたい……っ」

言いながら、目の奥が熱くなって、気づけば目の前の蓮がゆらゆらとぼやけて揺れていた。

なんで泣きそうになっているのかわからない。

でも、蓮への思いがあふれでるように涙が込みあげる。

「蓮、一緒に帰ろうっ……？」

懇願するように涙声を張りあげた。

どうか、蓮の心を覆う強がりを超えて、心の奥に届いてほしい。

すると、蓮は観念したようにうつむき、そして口の端をそっと上げた。

「ったく、花ちゃんは頑固だな。……ん、一緒に帰るか」

「蓮……」

蓮の言葉を合図に、私は蓮の肩に手を回して、その体を支える。

そしてふたりで歩きだした。

一歩、一歩。

蓮は右足が地に着くたび、やっぱり痛そうで。

その足取りを見れば、どれだけケガがひどいかすぐわかる。

「ごめんね、足痛かったよね……」

「花のことを捜すのに夢中で、痛いのなんて忘れてた」

疲れきっているのか、ささやくような、いつもよりかすかな声。

その言葉にまた涙が込みあげてきて、こらえるのが大変だった。

私は、何度この人に助けられてきたんだろう。そして、なにを返せてきたんだろう。

蓮、蓮、蓮……。

＊＊＊

蓮くんが学校を飛び出してから、二時間ほどが経った。

ずっと学校で待っていたけれど、やっぱりいてもたってもいられなくて、俺も花ちゃんを捜しに走りだしていた。

どうか無事であってほしい。その思いが、足を速める。

どれくらい走っただろう。

角を曲がった時、開けた視界に、こちらへ歩いてくる花ちゃんと蓮くんの姿が映り、俺は思わず足を止めた。

蓮くんは、彼の友達が言っていたようにケガした足を引きずっていた。

その足をかばうように、花ちゃんが蓮くんを支えながら歩いていて。

「花ちゃん！」

俺の呼びかけに、花ちゃんが顔を上げた。

すると、俺の姿を映した花ちゃんの目がみるみるうちに見ひらかれた。

「コウくん……っ」

花ちゃんとほぼ同時に顔を上げ、俺の姿を認めた蓮くんが花ちゃんから体を離す。

そして、俺の方へ向かうようにと花ちゃんの背中を押して促《うなが》した。

「俺はもう大丈夫だから」

彼がこぼしたそんな声が、こちらにも届いた。

花ちゃんはためらいがちにうなずくと、彼に背中を押されるままこちらへ駆けてきた。

「コウくん、心配かけてごめんね」

俺を見あげる彼女の瞳は、うるみを帯びていて。

俺が心配していたこと、たぶん蓮くんから聞いたんだろうな。

花ちゃんはちっとも悪くない。そう伝えるように、力強くかぶりを振る。

「俺の方こそ、もっとちゃんと確認すればよかったんだ。ごめんね、心細かったよね」

「ううん、私はぜんぜん大丈夫。蓮が来てくれたから。でも、蓮、足ケガしてて
……」

そう言いながら、花ちゃんが蓮くんの方を振り返る。

その視線を追うように、俺もそちらを見る。

だけど、さっきいた場所に蓮くんはいなかった。

「あれ、蓮？」

花ちゃんは驚いているけれど、俺には花ちゃんの肩越しに見えていた。

なにも言わずに踵を返し、足を引きずってひとりで歩いていく彼の姿が。

「それより花ちゃん、疲れてるよね。大丈夫？」

「うん、大丈夫……」

そう答えながらも、花ちゃんがふらついた。

前傾《ぜんけい》する花ちゃんの体をすかさず抱きとめる。

「へへ、ごめんね……」

体の中で、力ない声をあげる花ちゃん。

ぜんぜん、大丈夫じゃない。

蓮くんをひとりで支えながら長い距離を歩いてきたんだから、疲れていないはずがない。

俺は花ちゃんの肩を支えながら、そっと体を離した。

「送るよ。おぶるから背中に乗って？」

「でも……」

ためらいの声をあげる花ちゃん。

「俺に遠慮はなしだよ。今日くらい甘えて？」

俺の言葉に観念したのか、花ちゃんがおずおずとうなずいた。

同意を得た俺は、しゃがみ込んで彼女を背負い、立ちあがった。

すると相当疲れていたのか、すぐに寝息が聞こえてきた。

花ちゃんの温もりが背中越しに伝わってくる。

「花ちゃん、寝てる？」

寝てるよね、寝てることにするよ。

「花ちゃんが寝てるから、独り言、言うね」

記憶に思いをはせるように空を見あげる。

「ねぇ、覚えてる？　中学で、初めて会話を交わしたあの日のこと。俺が三年生、花ちゃんが一年生の四月だったね」

――放課後、ほとんどの生徒が教室から去り、静かになった校舎で部活に向かおうとひとりで廊下を歩いていた時。

『……待ってください……！』

背後で聞こえたタタタッと走る足音とともに、突然背中にぶつけられた女の子の声。

『え？』

反射的に振り返った瞬間、こちらに駆けてきていた彼女の体が勢いあまって大きく前に傾いた。

あぶない……！

危険を察知し、反射的に手を伸ばした時には、もう遅かった。

ドサーッ。

派手な音を立てて彼女が転ぶ。

『大丈夫⁉』

彼女の前にしゃがみ込み、手をさしのべようとした時、床に座りこんだ彼女が顔を上げた。

髪から覗いたその顔を見て、思わずはっと息をのんでいた。

『あ、あの、月島光輝さんですよね』

だって、彼女が泣いていたから。

ぽろぽろと涙を流し、でも彼女は眉をさげて笑っていた。

〝悲しみ〟なんて似合わない、そんな涙だった。

『そ、そうだけど……』

『やっぱり。部活動紹介の時に、月島光輝って自己紹介してたから』

さっきの五限と六限の時間を使って新入生に向けて部活動紹介が行われた。

ということは、この子は一年生か。

たしかに僕は新部長として、天文部の活動のことを発表した。

だけど、なんで名前を知って追いかけてきてくれたんだろう。なんで彼女は泣いてるんだろう。

疑問符がいくつも浮かんでくる。

でも、今はなにより。

『大丈夫？ 泣いてる』

彼女の涙をぬぐってあげたくて。

気づけば、無意識のうちに彼女の頬に手を伸ばしていた。

だけど、頬に触れる寸前で我に返り、あわててその手を引っこめる。

な、なにしようとしてたんだ。初対面の子に……。

彼女はそこで頬を伝う涙に気づいたようで、手の甲で涙をぬぐいながら、また笑った。

『ごめんなさい泣いたりして……。ちょっと、うれしいことがあったから、つい』

『うれしいこと？』

僕がそう聞き返すと、彼女は弧を描いた唇を噛みしめうなずいた。幸せがあふれでたような、満開の笑みを浮かべて。

そして、涙でうるんでいるせいじゃない、目の奥でなにかを発光させてキラキラしているような、そんな瞳をこちらに向けた。

『私、小暮花っていいます。あの、天文部に入部したいです……！』

——ひと目惚れだった。

あの日、俺は花ちゃんの笑顔に恋をしてしまった。

それから天文部で一緒に活動することになり、花ちゃんは俺を『コウくん』と呼んで、たくさんの笑顔を向けてくれた。

一緒にいる時間が楽しくて、幸せで。

花ちゃんと見る星は、ひとりで見るそれの何倍も何百倍も輝いて見えた。

でも、中三の冬。俺は、父さんの仕事の都合で引っ越すことになってしまった。

引っ越しのことを、花ちゃんに言えるはずがなかった。好きだからこそ、打ちあけられなくて。

最後の最後まで、その事実と好きだということを伝えられないまま、俺は別れを告げずに花ちゃんから離れた。

「花ちゃんにまた会いたくて、地元の大学に入学した。でも、急に怖くなったんだ。花ちゃんに大切な人ができていたらどうしよう、あのキラキラした瞳を向ける存在が俺のほかにできていたらどうしようって。だから、なかなか会いに来られなかった」

——でも、ある日。

「そんな時だった。蓮くんが俺のアパートを訪れたのは」

あれはたしか、今年の九月の下旬。

大学から帰宅し、課題のレポートに取りくんでいると、アパートのチャイムが鳴った。

『はーい』

大学の友人かと思ってなんの気なしにドアを開けてみると、そこに立っていたのは制服姿の見たことのない金髪の男子だった。

『突然すみません。あなたが月島光輝さんですか？』

『はい、そうですけど……』

なんの用だろう……。不審に思いながら彼を見つめる。

彼は、たぶんずっと歩きまわっていたんだろう、疲れが目に見えてわかるほどだった。

でも俺を見すえる瞳は、ちっとも揺るがないものだった。

『小暮花のこと、覚えてますか？』

『え？　花ちゃん……？』

覚えていないはずがなかった。

彼の口から出た、なつかしくて今もまだ愛おしいその響きに、俺は思わず動揺し困惑の声をあげた。

なんでいきなりその名前が……。

すると俺の反応を見るなり、彼がつめよってきた。

『あいつのことを思っている気持ちは変わってないですよね、ずっと』

『え?』

予期せぬ言葉に思わず固まる。

なんで彼がそんなことを知っているのか、わからない。

でも、突然そんなことを言われて不快感や不信感を抱いたわけでもなく、むしろそんなのは少しもなかった。

それは、彼の目がすべてを知っているかのように、まっすぐだったからだと思う。

彼の問いに答えないという選択肢は浮かばなかった。

『変わってない。中学の時から』

俺の返事を聞くと、彼がいきなり玄関の前でバッと勢いよく頭をさげた。

突然のことに目を見ひらく俺に、彼は頭をさげたまま言った。

『花に、花にもう一度会ってやってほしいんです。花はあなたのことずっと待ってるんです』

『え?』

『お願いします。あいつの笑顔を守ってやれるのは、あなたしかいないんです。だから、どうかお願いします』

蓮くんは、ぎゅっとこぶしを握りしめたまま、ずっと頭をさげ続けていた——。

「……俺は、ずるかった。蓮くんのおかげで花ちゃんと再会できた。蓮くんはずっと、花ちゃんのために俺を捜しまわってくれていたんだ。でもそのことを、俺は花ちゃんに隠してた」

『緑の山公園に六時頃来てください』

あの日蓮くんにそう言われてそこに向かったら、花ちゃんに会えた。

プラネタリウムのことを教えてくれたのも、蓮くん。

花があなたと行きたがってるから連れていってやってください、あいつの夢叶えてやってください、って。

だからね、花ちゃん。チケットをあげた時、君は俺のことを超能力者だって言って喜んでくれたけど、本当の俺は超能力者でもなんでもないんだ。

「俺は、花ちゃんに出会ったあの日から、君が好きだよ」

離れてからもずっと、そして今も。

「でも、この気持ちは独り言にする。君には伝えないよ」

花ちゃんの気持ちは、俺にはもう向けられていないから。それは花ちゃんを見ていたら、わかってしまった。

花ちゃんと蓮くんのやりとりを見て、なりふりかまわず花ちゃんを捜しに行った今日の蓮くんを見て、俺はこの選択をした。

恋の正解なんてわからない。

でも、今の俺には、この選択が正しいって心から思える。

それは、花ちゃんのことが好きだからこそ。大切な人の幸せが、俺の幸せだから。

そして花ちゃんの幸せは、俺の隣にいることじゃない。

花ちゃんが花ちゃん自身で、進みたい道を進んでほしいんだ。

蓮くんが俺と花ちゃんの背中を何度も押してくれたように、今度は俺が花ちゃんの背中を押す番だよね。

「花ちゃん。俺は君のことが、ずっと好き〝だった〟」

その言葉に応えるように俺の背中がじんわりと熱く濡れた。

いつの間にか寝息も聞こえなくなっていた。

俺たちの間に流れるのは、透明な時間だけ。

これが君の答え。

ありがとう、花ちゃん。俺にたくさんの色を見せてくれて。
これからもずっと、君は大切な人だよ。

第四章

君と仰ぐ空は、目が痛くなるほどに晴れている。

あの日の涙を晴らすまで

次の日。

「おはよう、飛鳥《あすか》さん」

「あ、小暮さん！　おはよう」

登校した私は、クラスメイトとあいさつを交わしながら、一番うしろの列の窓際にある自分の席へと向かった。

スクールバックを机に置き、立ったままその中から教科書を取り出す。

教科書をすべて机の上に出し、続いて筆箱を取り出そうとした時。

ん……？

不意にこちらに向けられている視線に気づき、手を止めた。

視線を感じる先へ目をやると、開いたドアに体を半分隠すようにして、女の子がこっちをじーっと見つめていて。

隠れているみたいだけど、その髪色でわかっちゃう。

赤みがかったショートヘアの女の子は、私が知る限り校内にはひとりしかいない。

「ひかるちゃん、おはよう」

遠い距離でも聞こえるように笑顔を向けて声をかけると、ひかるちゃんがそろーっとドアの陰から全身を現し、そして。

「うう、花ちーーん！」

そう声を張りあげるなり、こちらに向かって駆けてきて、勢いよく私に抱きついた。

「わっ、ひかるちゃんっ？」

び、びっくりした……！

不意打ちすぎてわけがわからないままだけど、ひかるちゃんの背中に手を添える。

「ううっ、ぐすっ、花ちんー」

私の肩に顔を埋めるひかるちゃんは、鼻をすすっていて、しかも涙声で。

もしかして、泣いてるの？

「どうしたの？　なにかあった？」

心配と不安でたずねると、ひかるちゃんが私を抱きしめる力を強めた。

「花ちんが無事だから安心したのーっ！　なにかあったんじゃや、とか、コウくんさんが言うからぁっ！」

「ひかるちゃん……」

すぐに、ひかるちゃんが言っているのが、プラネタリウムで行き違いになったことだと理解した。

たぶん昨日、ひかるちゃんは私を捜すコウくんと会ったんだ。

「ごめんね、心配かけて」

トントンと背中を優しくたたくと、ひかるちゃんが首を横に振った。

「花ちんが無事なら、オールオッケーだよーっ！」

「えへへ、ありがとう」

ひかるちゃんは体を離すと、パーカーの袖で涙を拭きながら笑う。

「蓮が行ったから、なにがあっても蓮が助けてくれたとは思ってたけど、やっぱりこの目で確かめたかったんだ」

と、そこでハッとなにかを思い出したように目を見ひらき、興奮したようにこぶしをつくった手をぶんぶんと上下に振った。

「そうそう、蓮といえば！　昨日、蓮、すっごくかっこよかったんだよ！　花ちん捜すためにすごい勢いで走りだしてさ！　いっつも蓮ってダルそうだけど、花ちんのためなら本気になって！」

「蓮が……」

ひかるちゃんから明かされた事実に、ドキンと心臓が揺れる。

不謹慎だけど、やっぱりうれしくて、胸がきゅうっと締めつけられたような感覚を覚える。

「蓮にまだちゃんとお礼言えてないんだ。もう学校に来てるかな」

するると、ひかるちゃんがちょっと首をかしげて唇を突き出した。

「蓮、今日学校休みみたいだよ?」

「え?」

「登校中にシノに会ったんだけど、シノがそう言ってた。どこかに出かけてるんだってさ」

「そうなんだ……」

「今日二学期最終日なのにね。最近よく学校来てると思ったのに、またサボり癖《ぐせ》再発しちゃったのかなぁ」

ひかるちゃんの言うとおり、今日は二学期の最終日だ。

蓮に会えずに冬休みになっちゃうよ……。

「それにしても蓮がいないと女子たちが静かだわー」

腕を組みふんふんとうなずいていたかと思うと、不意にパッと瞳を輝かせ、ひかるちゃんが顔を寄せてきた。

「あっ、そういえば!　コウくんさんとのデート、どうだったのっ?」

「え?」

突然出てきたコウくんの名前に思わず動揺して、心臓が揺れる。

だけど、すぐに動揺は収まった。

それはきっと、自分の気持ちが定まっているから。

「昨日、ちゃんと自分の気持ち見つけた。初恋は、終わってたよ」

「ええ？　どういうこと？」

その時、ちんぷんかんぷんといったようなひかるちゃんの言葉をさえぎるように、朝のＳＨＲ開始を知らせるチャイムが鳴った。


長い授業が終わり、むかえた放課後。

委員会があるひかるちゃんと別れの言葉を交わし、ひとりで教室に戻った頃にはクラスメイトたちはみんな姿を消していた。

帰る準備をして、私も早く帰ろうっと。

自分の席に座り、机から教科書を取り出す。

机の中に手を入れ、忘れ物はないかと手さぐりで確認していると。

カタ……。

なにかが指の先にあたった。

冷たくてかたい感触。教科書や筆箱ではない。

こんなもの、机に入れてたっけ？

不思議に思いながらそれを机の中から取り出した私は、それを見て思わず一瞬反応が遅れた。

「……え？」

それは、蓮の懐中時計だった。

ここにあるはずのない懐中時計が、今私の手の中にある。

なんで、これが……。

驚きと戸惑いを隠せないまま、なにげなく竜頭を押して時計の上蓋を開いた私は、さらに困惑の渦に飲みこまれた。

「なに、これ……？」


だってそれは、私が知る〝時計〟ではなかったから。


長針と短針のセットが5つあり、それぞれに『month』『day』『hour』『minute』と書かれている。

そしてそのすべての針が、反時計回りに動いている。

まるでタイマーのように。

こうしている今も、いくつかの針が頂点にある0に向かって動いていて。

――時計に目を奪われていた私は、ふと、思ってしまった。

もといた世界の時間と、今いるこの世界の時間とがリンクした時、蓮はどうなってしまうんだろう、って。

四月のあの日、一年後から来た蓮。そして蓮と出会ってからあと数ヶ月で一年。

蓮がもといた一年後と、今いるこの世界の時間がもうすぐ重なる。

その時、蓮は……。

この懐中時計を見つめていた、蓮のあの視線が不意によみがえった。

そうだ、蓮はいつだって、悲しそうな顔をしていた――。

「……っ」

なぜだか嫌な予感がした。

その正体はわからないけど、胸騒ぎがして不穏な気持ちが心をすっぽりと覆う。

徐々に膨《ふく》らむ不安な気持ちに押しつぶされそうになって、ぎゅうっと懐中時計を握りしめる。

「……蓮?」

発した弱々しい声は、誰に届くわけでもなく、ガランとした教室に吸いこまれて消えた。

この時計のことを、早く蓮に聞きたい……。

でも電話にも出ないし、ひかるちゃんが言うには今日蓮は家にいない。

つまり、私の不安はなにひとつ解消されないまま。

懐中時計を握りしめ、重い足取りで廊下を歩いていると、階段に向かう途中で蓮の教室の前を通りかかった。

なにげなく力ない視線をそちらに注いだ私は、誰もいない教室でひとり窓際に立って外を眺める男子のうしろ姿を見つけ、足を止めていた。

あのふわふわした髪――間違いない。

「シノくん……」

私のかすかな声を拾いとり、シノくんがこちらを振り返った。

「花ちゃん」

目を丸くして、私を見つめるシノくん。

……時計のこと。蓮の幼なじみのシノくんなら、なにか知っているかもしれない。

そんなことが頭をよぎった次の瞬間には、迷う間もなく教室に踏みこみ、シノくんのもとへと駆けていた。

そしてシノくんの前に立つと、駆けた勢いそのままに時計をさしだす。

「ねぇ、シノくん、教えて……この懐中時計のこと。なんで時間がどんどんなくなっているの？　蓮のこと、なにか知ってる？」

すがるように問いかける。

どんなことでもいい、知っていることをどうか教えてほしい。

すると、私の手のひらの上の懐中時計を見つめていたシノくんがゆっくりと顔を上げた。

そこで初めて気がついた。シノくんの表情が、いつものふわふわした温かさにあふれていないことに。

力なく、もろくこわれてしまいそうな危うさすら感じる。

「シノ、くん……」

シノくんは、やわらかく淡く、今にも消えてしまいそうな笑みを浮かべた。

でも、それが本心からあふれた笑顔ではないことは一目瞭然《いちもくりょうぜん》で。

だって、泣きそうなんだ、なぜか。

涙をこらえるには笑うしかない、そうしてつくり出されたような笑顔だった。

「うん……。知ってる。でも、ごめんね。花ちゃんには話せないんだ」

「なんで……」

口から出た声が、かすれていた。

「蓮が望んでいることだから」

私はそれでも力を込めて首を横に振った。

「お願い、シノくんが知ってること全部聞かせて。大切なことを見のがしているような気がするの。たぶん、聞かないと一生後悔する」

「花ちゃん……」

今までの私なら、ダメって言われたことに対して、反論なんてできなかった。言われたら言われたとおり、ただ相手に従うだけで、心の奥に芽生えた反論も全部押し殺してきた。

そうやって、生きてきた。

でも今は、ダメって言われても引き返せない。ううん、引き返したくない、絶対に。

私はバッと頭をさげた。

「蓮のことが大切だから……。もう、なにもできない私じゃいたくない。お願い、シノくん、教えて……っ」

「……花ちゃん、頭を上げて？」

優しい声が降ってきて、私はゆっくりと頭を上げた。

シノくんは覚悟を決めた強い瞳で、口をぎゅっと結んでいた。

やがて、ゆっくりと口を開いた。

「僕も、すごく蓮のことが大切なんだ。蓮の幸せを願ってる。だから、僕は蓮が幸せになる道を選択したい」

「シノくん……」

「そして、僕が思う蓮が幸せになれる道は、今花ちゃんにすべてを話すこと。蓮の意思とは違うけど、でも僕は、花ちゃんにはすべてを知らせるべきだと思うから」

まばたきをひとつして、シノくんがまっすぐにこちらを見すえた。

「心の準備はできてる？　全部受け止める勇気は、ある？」

優しい声が、胸の奥に問いかけてくる。

私はぎゅうっとこぶしを握りしめ、そして大きくうなずいた。

迷わない、もう決めた。その意思が伝わるように。

すると覚悟を決めたようにシノくんが私にうなずき返し、そして静かに真実を紡ぎ始めた。

シノくんの声が、ガランとした教室に響きわたる。

話を聞いている間、片時も蓮の姿が頭を離れなかった。

出会って間もない頃の蓮との会話が頭の中で再生される。

『じゃあ、どうやって未来から来たの……？』

『過去に戻れるように強く願ったら』

『どうして過去に戻ろうとしたの……？』

『なんでそんなことまで、いちいち花に話さなくちゃいけねぇんだよ』
そして気づけば、蓮がひとりで背負っていた悲しい秘密が、私の頬を濡らしていた。
──「蓮は……蓮は、もといた世界では亡くなっているんだ。蓮には亡くなる未来がある」
──「未来から蓮が来たのは、花ちゃんの悲しみをなくすためなんだよ」

＊＊＊

もしも、願いがひとつ叶うなら──。


「おふくろ、久しぶり」

墓石に向かって語りかける。

俺はひとりでおふくろの墓参りに来ていた。なにをしようかと考えたら、ここに足が向いていた。

花を供え線香をあげると、俺は階段に腰をおろした。

ポケットから懐中時計を取り出そうとして、その手を止める。

そういえば、なくしたんだった。

ポケットに入れていたはずなのに、いつの間にか消えてしまった、俺に残された時間を示す時計。

現れた時と同様に、消える時も突然で。

まぁいいや。もう残りの時間を気にする必要もねぇし。

その時ひと際強い風が吹き、風に身を任せるように俺は目を閉じた。

するとこれまでの、未来と今とが混ざりあった記憶が走馬灯のように頭の中を駆けめぐった。


『蓮。午前中、検査の結果を聞いてきた。お前の余命は四ヶ月だそうだ。桜は……見られないかもしれないって』

木枯《こが》らしが身も心も冷やしてしまうような、そんな寒い日だった。

もといた世界で俺は、親父に自分の余命を知らされた。

ここ最近ちょっと体調を崩していた。

でもそれだけで、余命四ヶ月……？

昨日まで、いや今朝まで普通にほかのヤツらと同じように生きていた。それなのに突然俺だけが終わりを告げられた。

積みあげるのは大変なのに、崩れ落ちるのはいつでもあっけなくて。

それまで色づいていた世界が、一瞬にして色を失いモノクロになった。

『手術を受ければ、まだ可能性はあるらしい。ただ、成功率は二〇パーセント。手術、どうする？　俺は蓮の意思を尊重したい』

俺の意思を尊重すると言いつつも、手術を受けてほしい、そんな願望が聞きとれた。

だけど俺は、親父の問いかけに首を横に振った。

『そんなの、必要ねぇよ』

余命を知り抱いたのは、悲しみでも絶望感でもなかった。もうどうでもいいやっていう、自暴自棄《じぼうじき》で投げやりな感情。

どうせもうすぐいなくなるのに、どうして生きていなきゃいけないんだよ。

二〇一六年十二月。

俺は生きる意味を、見失った。


自堕落《じだらく》になりながら無意味に感じる日々をダラダラと過ごしていた、ある日。

青くすんだ寒空の下で、俺は街を見わたせる丘にいた。

他校のやつらとケンカをして、家に帰る途中で偶然通りかかった、この場所。

あっちが吹っかけてきたケンカだったけど、簡単にそのケンカに乗った。二度と逆らえないようにやっつけてやったけど、ひとりで五人を相手にするのはさすがに疲れて。

体を少し休めるのに、ここはちょうどいい場所だった。

横たわっている大木の上に座る。

こうして乱れた息を整えていると、体力の衰《おとろ》えを否が応でも感じずにはいられない。

前まではこんなケンカなんともなかったのに、なんてザマだよ。ったく、かっこわりぃ。

自分の醜態《しゅうたい》に苦笑すら漏れる。

……あー、もうこのまま死んでもいいな。

腕を組み、目をつむりながら、そんなことを思う。

なんだかすべてが嫌なんだよ、もう。

どうせ死ぬんだし。

目をつむったまま、一生目が覚めなくてもいい……。

だけどそんな俺の思いは、数分後あっけなく断たれることになる。

『え？　わ、きゃーっ！』

目の前で放たれた叫び声が、俺の目を覚ましたから。

ったくなんだよ、うるせぇな。

眠りを妨げられ、イラついた感情のまま目を開けると、そこにはおびえきった表情を浮かべた女が、スクールバックを持つ手をわななかせて立っていた。

その制服、同じ高校のヤツか？

しかも、ネクタイの色は同じ学年だということを示している。

『あ？　なんだよ』

『ち、血……』

あー、ったく、めんどくせぇな。

『あんたには関係ねぇから、今すぐ俺の前から失せろ』

そう言って追いはらおうとしたのに、俺が口を開くよりも先に女はぎゅっと唇を噛みしめると、こちらに駆けよってきた。

そして、スカートが汚れることもいとわないで俺の前に座りこみ、スクールバックからティッシュと絆創膏《ばんそうこう》を取り出す。

『ちょ、ちょっと待ってて。今、手当するから……っ』

『は？』

俺がけげんな表情を浮かべると、誤解を解くようにあわあわと手を左右に振った。

『私は、小暮花。怪しい者とかじゃないですっ……』

小暮、花……。

と、不意に俺は気づいた。ティッシュを持つ花の手がふるえていることに。

そして血を見る瞳は、今にも泣きだしそうなほどにおびえの色に染まっている。

まさか、血が苦手なわけ？

俺がそんなことを思っているとはつゆ知らず、おぼつかない手つきで血がついてるところをティッシュでこする花。

だけど、何度かこすったあたりで首をかしげた。

『あ、あれ？　傷がない？』

『あたり前だろ。これ、全部返り血。俺ケガしてねぇし』

『え？』

『お節介』

そこでやっと、花が顔を上げた。

キョトンとした瞳と、俺のそれとが初めてまともに合う。

あらためて間近で見ると、すごく整った顔をしていることに気づいた。

白い肌に、淡い桃色の頬。すっと通った鼻筋、血色のいい唇。

そしてなによりも、一ミリの汚れの色も見せない黒目がちな瞳が、宝石のようにキラキラと瞬いていて、不覚にもきれいだと思ってしまった。

すると、突然、花の瞳がじわじわとうるみを帯びて。

『よ、よかった……。あなたが、傷ついてなくて、よかった……』

心からの安堵の声を吐きだした。

思いもよらぬその反応と言葉に、俺は思わずあっけに取られる。

『は？』

『でも、ケンカはダメ。ケンカなんて、もう、しないで』

弱々しい声とは相反して、懇願するような強い瞳が、俺をつかんで離さない。

なに、言ってるんだよ。

『あなたが傷つくのは、私が嫌……。ふるえてる私の手を握りしめてくれる優しい手を、ケンカなんかで傷つけないで』

『え？』

花が涙でうるんだ目を細めて、ふわりと微笑んだ。

『血が苦手なの気づかれないようにしてたのに、気づいてくれたんだね』

言われて初めて、無意識のうちに花の手を握りしめていたことに気づいた。

あわててその手を離し、目をそらすと。

『……あ、あのっ』

おどおどしながらも勇気を振りしぼったようなその声が、俺の視線を引きもどした。

見れば、花がぎゅうっとこぶしを握りしめ、そらすまいというように必死に俺を見つめていて。

『も、もしよかったら、またここに来てくれないかな……』

『え？』

『私、放課後よくここにいるんだけど、こんなに誰かと話したの、すごく久しぶりで……。友達、いないから……』

伏し目がちのその瞳には、悲しい色が浮かんでいた。

『友達いない』って。そんなこと俺に話して、これじゃあ友達になってくれって言ってるようなもんじゃねぇかよ。

はぁ、とため息をひとつ吐きだした。

ったく、しょうがねぇな。花からの頼みを断れるはずがなかった。だって──。

『……時間、あったらな』

『わぁ、ほんと⁉』

これが、花を〝見つけた〟日。

翌日、放課後になると、俺は丘へ向かった。

次の日も、そのまた次の日も。

もう死んでもいい。そう思っていたあの日が、どんどん遠ざかっていった。

俺の体のせいでどこにも連れていってやれなかったけれど、そのぶんたくさんの会話を交わした。

俺のなんでもない話を、うれしそうに聞いてくれる花。

だから、明日はどんな話をしようか、どうしたら喜んでくれるだろうか、と、気づけばそんなことを考えるようになっていた。

そして、友達として同じ時間を過ごすうちにわかったことのひとつは、花が初恋の相手を今でも思っていること。

たぶんっていうか、絶対花はそのことを自覚してないだろうけど。

『失恋して、もうコウくんへの気持ちはない』

花は俺にそう話したけれど、その心の中にはまだ月島がいることを、俺は気づいていた。

だって、中学時代の思い出話をする時の花は、いつだって月島しか見ていなかったから。

その瞳に、俺を映してくれることはなかった。

失恋の話もどうも引っかかる。花の話を聞く限り、月島も花を思っているのは明確で。

月島に違う女がいるっていうのは、花の思い違いなんじゃねぇかな。

そう思っていたけど、口にはできなかった。

そしてもうひとつは、なにか大きな悲しみを抱えているということ。

それに気づいたのは、花がメモに文章を打っているのを見た時だった。

その日俺より先に丘に来ていた花は、俺が来たことにも気づかずに、感情のない瞳でスマホの画面を見つめ操作していた。

『なにやってんだよ』

声をかけると、ハッと肩をこわばらせ顔を上げる花。

なにか悪いことをしていたのを先生に見つかった、そんな反応で。

『あ、蓮、来てたんだ……。ごめん、気づかなくて』

『質問の答えになってねぇだろ。なにしてたんだよ』

花のあんな顔、見たことがなかった。

つめよると、花はためらいがちに重い口を開いた。

『メモ、打ってたの』

『メモ？』

『うん。つらいこととか悲しいこととか、全部スマホのメモに書いて、メモ帳にしまっておくんだ。ストレス発散みたいな感じで……』

『ふーん。じゃあその文、俺に送れば？』

『え？』

『結局自分の中にためこんでるんじゃん、それ。だったら俺に送れよ。返事してやるから』

『蓮……』

『無理にとは言わねぇよ。そういう気持ちさらけだすのは、容易なことじゃねぇし。花の気が向いたらでいいから。だからひとりで抱えこむなよ。抱えきれなくなりそうになったら全部俺にぶつけろ』

こんなことを言ってる自分が不思議だった。

でも、花を救いたかった。

少しでも力になってやりたい、そう思ったら提案せずにはいられなかった。

すると、花が胸の前でスマホをぎゅうっと握りしめながら、うつむいた。

いつの間にか、その声は涙の色に染まっていて。

『……私にはね、居場所がないんだ。どこにいてもひとりぼっちなの……』

肩をふるわせる花を見ていると、胸が締めつけられるようで、すごくつらかった。

自分が傷つけられるよりも何倍も、花が傷つく方が、俺の心は痛んで。

そして気づけば、考えるよりも先に言葉が口をついて出ていた。

『俺が居場所になってやる。ひとりぼっちになんかしねぇよ』

俺の言葉に、花がゆっくりと顔を上げた。

涙に濡れた瞳が俺を見つめ、そしてまた透明な雫を落とす。

それでも花は微笑んでいた。目を細め、幸せな気持ちがあふれてしまった、そんな笑顔で。

『ありがとう、蓮。蓮がいてくれるんだよね、私には。すごく、すごく、心が軽くなった』

あの時俺に向けた微笑みを、たぶん一生忘れないと思う。

その笑顔を守りたいと思った。

──でも現実は、そんなことできるはずがなかった。

花といると、忘れてしまっていた。自分には、限られた時間しかないことを。

俺の思いとは裏腹に、花と過ごす時間は長くは続かなかった。

学校を休みがちになり、病状は悪化の一途をたどっていった。

そして、二〇一七年四月七日。

体調がいくらかよくなった俺はふと思いたって、夕方あの丘へ出かけた。

花と出会った場所。ここにいると、花を感じられるから。

会いてぇな、花に。

学校にあまり行けていないことと、春休みとが重なって、最近ぜんぜん会えてない。

病気のことは話していないから、心配してメッセージを何通もくれる花に、姿を見せてやりたい。

そして、花の頭を撫でてやるんだ。〝心配させて悪かった。ひとりにしてごめんな〟って。

……なんて。本当はわかってる。自分の体のことは、自分が一番――。

重い体をやっとのことで引きずり、横たわった大木の上に座る。

『はぁはぁ……』

息を切らし、荒い呼吸を繰り返していると、突然ポケットにしまっていたスマホがふるえ、続けざまに着信を知らせた。

スマホを取り出し、ふるえる手でディスプレイを見ると、それは花からのメッセージの着信だった。

何通ものメッセージが、通知欄を埋めつくしていく。

メッセージを開いて、すぐにわかった。

それが、花のスマホのメモ帳にためられていたメモだということを。

その文を読むと、やっぱり花はいくつもの悲しみを抱えていて。

俺が想像するよりずっと、その悲しみは花の心を侵食《しんしょく》しているようだった。

返信、してやらないと……。

そう思うのに手に力が入らず、キーボードをたたくことすらままならない。

くそ……。なんでなにもしてやれねぇんだよ……っ。

花が助けを求めてるっていうのに、結局俺は、花の悲しみをちっともぬぐってやれてねぇじゃん……。

その時、突然視界がぐわんと揺れた。

あ、と思った時にはもう遅かった。

体がふっと力を失い、俺の手から離れたスマホが草の上を転がる。

俺はどうすることもできないまま、ドサッと草の上に倒れこんだ。

体が動かない。

倒れこんだまま静かにさとった。もう、終わりの時が来たのだと。

狭まった視界に、はらはらと舞いちる桜の花びらが映った。

見られないかもしれないと言われていた桜を見られた。きっと花と出会えたから、見られたんだ。

花とここで見た桜、すっげぇきれいだったな……。

ゆっくりとまぶたがおりてくる。

あらがうこともできず、目を閉じようとしたその時。

『……蓮っ！』

ずっと聞きたかった、でも今は一番聞きたくない声が、俺の名前を呼んだ。

『蓮！』

薄れていく意識の中で、俺をつかんで離さない声。

ゆっくりと視線を声がする方に向けた。

視線の先では、花がスクールバックを投げだして、こちらへ駆けてきていた。

なんで来ちゃうんだよ、花……。

そう思ってもなにもできないでいると、花が覆いかぶさるようにして、横たわっている俺を抱きしめた。

『蓮、蓮、大丈夫っ？　ねぇ、返事して……っ』

『……花』

やっとのことで、その名前を呼ぶ。

『ねぇ、どうしたの？　どこか悪いの？　お願い、しっかりして、蓮……！』

『……悪い。俺、は、もう花と一緒に、いられねぇんだよ……』

『え……？』

一瞬にして、花の声が絶望と混乱の色に染まる。

『俺は、病気なんだ。宣告された余命の時期を、もう、過ぎてる……』

『……嘘……嘘……』

花が俺の肩に顔を埋め、いやいやと首を振った。

『やだ……！　そんなこと言わないで、蓮っ』

『もう、無理、なんだ、よ……』

呼吸ができなくなってきて振りしぼるように声をあげるけど、花は聞きいれようとしない。

『そんなこと言わないで、蓮。私をひとりぼっちにしないって、約束したじゃない……っ。蓮がいなくなっちゃったら、私どうやって生きていけばいいの？　ねぇ、蓮ってば……！』

『は、な……』

なんで、なんで、最期に見るのが、花の泣き顔なんだよ。

なにか言ってやりたかったのに、もう体は限界だった。

『蓮が死ぬなら、私も死ぬ……っ』

叫ぶような悲痛な声が聞こえた瞬間、力が尽き、意識が遠ざかっていった。


――ただひたすらに暗闇が続く世界で、俺は花を思った。

今もまだ、最期に聞いた花の言葉が頭にこびりついて離れない。

ひとりぼっちにしないって約束したのに、その約束を果たすどころか、花の涙すらぬぐってやれなかった。

花にあんな顔させたまま、死ねるかよ……。
花に、生きていてほしい。
花が笑うたび、荒れて見えた世界が愛にあふれていることを知った。
その笑顔を絶やすことなく、生きられる未来を、花に与えてやりたい……。
灯《あか》りなんてどこにも見あたらない時間の中で、俺は願った。
もしも願いがひとつ叶うなら、どうか、別れがきたあの時の前に戻してください。
孤独なあいつの悲しみを、すべて消しさってやりたい。
花が幸せな未来を歩むこと、そのためなら俺はどうなってもかまわないから——。

……どれくらい時間が経ったのだろう。あるいはまったく経っていないのか。
突然降りそそいだ暖かい日差しに、俺はまぶたをゆっくりと開けた。
目の前には——花？
花が目をつむり、すやすや寝ている。
やがて俺は、自分が花の膝の上に頭を乗せて寝ていることに気がついた。
そしてここは、さっきまでいた丘。
でも、俺は死んだはずだ。
……もしかして。

カチリと音を立てるように、ある思考回路が頭の中でできあがった。

ありえねぇ。そう思いつつも、そうだとするならば今の状況はすべて説明がつく。

ポケットの中からスマホをさぐり出した。

そして、ディスプレイに表示されていた日時を確認すると。

『二〇一六年四月七日……。一年前……？』

〝タイムリープ〟

漫画の中で読んだような、まったく現実味を帯びないそんな言葉が頭に浮かんだ。

どういうわけか、スマホは俺と同じ動きをしているようで、二〇一七年のメールや通話履歴も残っていた。

そしてスマホと一緒に、ズボンのポケットには見たことのない時計のようなものが入っていた。

一見懐中時計のようだけれど、それはタイマーだった。

きっかり一年分――三六五日分のタイマー。

一年後、俺が死んだ二〇一七年四月七日になったら、きっとこのタイマーが切れて俺はもう一度死ぬんだろう。

期限つきの命。

でも、もう一度チャンスをもらえた。花を救う、チャンスを。

視線を正面に戻すと、ピンク色の桜を背景に、眠っている花の顔がそこにはあった。

俺が死んだあの日の涙を晴らすまで、俺はその笑顔のためだけに生きてやる。

花の頬に伸ばした手を、触れる寸前に握りしめ、力を込める。

今度こそ、ぜってぇ救ってやるから。

そしてもう一度目を閉じると、安堵からか、花の膝の上で身を委ねたまま眠りへ誘《いざな》われた――。

その日から俺はもう一度、人生を始めた。

もといた世界で偶然ゴミ箱に捨てられているところを拾い、花に渡そうとしていた月島へのラブレターを使って、花に俺の言うことを聞かせることにした。

タイムリミットがある中で、こうすれば少しでも早く目的を果たせると思ったから。

『私をひとりぼっちにしないで』

もといた世界では、俺にしか言えなかった花。

そんな花が、ひとりにならないように。

俺がいなくても、花はひとりぼっちじゃない。そのことを、教えてやりたかった。

だから花には、心を許せる友達と、家族との和解が必要だった。

そしてもうひとつ、俺には果たしたい目的があった。

それは、花の誤解を解いて、月島と思いを通じあわせること。

きっと、月島も花のことを思っているから。

そのために、こんな嘘もついたな。

『花は二十年後、月島と結婚してた。すっげぇ幸せそうにしてたよ、花』

本当は二十年後なんて行ったことねぇけど、幸せな未来が待っていると、そう思ってほしかった。

花を幸せにできるのは、いなくなる俺じゃなく、月島だ。

だから俺は月島を捜しだし、花と再会させた。

それと同時に、もといた世界のように友達に戻り、花と距離を取ることを選択した。

月島との仲を邪魔しないように。俺がいついなくなってもいいように。

花の中から俺という存在が薄れていけばいい、そう思った。

そんなふうに残りの時間を過ごしている中、プラネタリウムで花が行き違いになった、あの日がやってきた。

俺が足をケガしているとわかった花は、一緒に帰ると言って、俺がなにを言おうと折れなかった。

『私はずっと蓮に助けられてばっかり。でも、蓮の力にだってなりたいっ。蓮が大変な時は、私が助けたい……っ』

泣き虫で弱虫で、今にもこわれてしまいそうだった花。

なのに、いつの間にかこんなに頼もしくなっていたんだな。

ずっと、俺が支えて守ってやらなきゃと思っていた。でもあの日、花は俺を支えて歩いた。

前を見つめて歩く花。

……もう、大丈夫だと思った。

俺がいなくても、俺がうしろから背中を支えなくても、まっすぐに生きていく強さを花は持っている。

そして、花のまわりには、愛してくれるヤツらがたくさんいる。

俺の役目は終わっていた。

これで俺は安心して、もう一度死ねる。

君がくれたもの

「あら、おかえり。遅かったのね。……花？」

家に帰ると、お母さんに声をかけられた。

私の異変に気づいたのか、なにか言いたそうにしているのはわかったけれど、私には返事をする気力もなかった。

お母さんの視線を気にする余裕もなく、おぼつかない足どりでフラフラと階段を上がる。

そして自室に入り、うしろ手にドアを閉めると。

「ふぅ、うう……、うう〜」

我慢していた感情が決壊して涙があふれ、今までなんとか持ちこたえていた足の力が抜けていく。

嗚咽が漏れる口を手で押さえたまま、私は入り口付近に座りこんだ。

……蓮が、死ぬ……？

シノくんから聞いた話が重いしこりとなって、心を蝕《むしば》んでいく。

嫌だよ、そんなの嫌……。

「ああ、うっ、うう……」

くぐもった泣き声が、無機質な部屋に響く。

こぼれた涙が制服のスカートにぽたぽたとシミをつくっていった。

蓮が抱えていた、あまりにも大きすぎる秘密に、ぜんぜん気づけなかった……。

蓮がいなくなるなんて、そんなの信じられない。

悪い夢であってほしい、嘘であってほしい。

でも、これが現実だということは、痛いほどにわかっているから。だから、心がわしづかみされているかのようにこんなにも痛くて苦しくて、涙があふれて止まらないんだ。

私に未来をくれた蓮に、未来がないなんて。

そんな残酷《ざんこく》なこと、あっていいはずないよ……。

どのくらい泣きじゃくっていただろう。

悲しみに染まった心、涙のせいで痛む目。

目の前には絶望の色しか見えなくて。

ブレザーのポケットに入っている懐中時計は、こうしている間にも、一秒一秒、蓮の終わりへと時を刻んでいる。

その音が突きつける現実が、つらくて苦しくて。

「時間なんて……止まっちゃえばいいのに……っ」

思わず悲痛に染まった涙声を荒らげた。

と、その時。

『花』

ふいに、私の名を呼ぶ蓮のあの声が頭の中でこだました。

いつだって私を導いてくれたその声はまるで、絶望に支配された心に差しこむ一筋の光のようで。

「蓮……」

目を閉じて蓮を思うと、蓮が私にくれた言葉たちが頭の中で再生された。

『俺の許可なく強がんじゃねぇよ』

誰にも本心を打ち明けられずにいた私の心のよりどころになろうとしてくれた、蓮。

『無理して笑うんじゃねぇよ。俺は、花にそんな顔させるために未来から来たわけじゃねぇから』

いつだって蓮は、私の悲しみをぬぐおうとしてくれていたんだね。

『花は花のままでいいんだよ。その代わり、上向いてろ』

蓮のおかげで、踏み出せずにいた一歩を踏み出せた。

『俺が、助けてやる。花の居場所をつくってやる。これ以上、花につらい思いさせねぇから』

何度も何度も、私の心まるごと救ってくれたね。未来から来たヒーローだよ。

『俺は、花が想像するよりずっと、花のことを大事に思ってるよ』

出会ってからずっと、私の世界は蓮の優しさで染まっていた。

『花、誕生日おめでとう。生まれてきてくれてありがとな』

何度消えたいと思ったかわからない私に、一番欲しかった言葉をくれたね。

――そうだ。蓮は未来で時を止めようとした私の時間を動かしてくれたんだ。

止まるはずだった私の時間。

でも今私がこうして生きているのは、蓮が前に進む勇気をくれたから。

流れゆく時の中で、立ち止まっていてはいけないんだ。

止まることを知らない涙を流しながら、君を思う。

ぶっきらぼうで、強引で、憎まれ口ばっかりたたいて、心配性で、力強くて、温かくて、本当は誰よりも優しさという名の愛にあふれていて。

「れ、ん……蓮っ……」

私の心ほぼ全部が、もう蓮なんだよ。

蓮がくれた勇気が、私の生きる糧《かて》になっているんだよ。

もらってばっかり、救われてばっかり。

私は、蓮になにが返せる？

——『成功率二〇％の手術を受ける道もあるけど、蓮にはその手術を受ける気はないよ。体が動かなくなって、もう一度眠りにつく日まで、花ちゃんを守るんだって』

不意に、ぽつりとつぶやかれたシノくんの言葉がよみがえる。

どうしたらいいか、なにができるのか。ぐちゃぐちゃになっていた自分の気持ちに、答えを見つけた気がした。私が選ぶべき、道を。

蓮がしてくれたように、私にも蓮の時を動かしつづけることができるかな。

道しるべを見つけたらもう、いても立ってもいられなくて、私は立ちあがり駆けだした。


はらはらと雪が舞う道を走る。

さっきまであれだけ力を失っていたというのに、足は一度として止まらなかった。

今すぐ、一秒でも早く、蓮に伝えなきゃいけないことがあるから。

蓮への気持ちが、足を前へ前へと突き動かした。

たどりついたのは、蓮が住むマンション。

階段を駆けあがり、蓮の部屋の前に立つ。

チャイムを押すのに、ためらいも迷いも、どちらも存在しなかった。

チャイム音が室内で響いたかと思うと、間もなくドアが開き、蓮が顔を出した。

「はい、……って花？」

ドアの前に立つ私の姿を見るなり、予想もしなかった来訪に目を見ひらく蓮。

ああ、蓮だ。

さっきのシノくんの言葉が尾《お》を引いて、蓮は目の前にいるというのに現実味がなくて。

「こんなに寒い中、いきなりどうしたんだよ」

「蓮に、話さなきゃいけないことがあってきたの」

「俺に話？　まぁ、とりあえず中入れ」

「……うん」

蓮に促され、言われるまま部屋へ入る私。

「なんもねぇけど、とりあえずそこらへんで体温めろ」

「……蓮」

リビングに通されたところで背中に向かって呼びかけると、蓮がこちらを振り返った。

「ん？」

蓮の視線と私の視線が交わる。

それだけで今にもこぼれそうになる涙をぐっとこらえ、私はふるえる唇を開いた。

言わなくちゃ。怖いけど、向きあわなくちゃ。

「シノくんから、聞いたよ、全部……。蓮の病気のことも、未来から来た理由も」

「え？」

蓮が驚きに目を瞠る。

だけど、やがてゆっくりと目を伏せ、観念したように力ない笑みを唇に乗せた。

「そう、か……」

その表情を目にしたとたん、いろんなものが一気に込みあげてきて、私は喘ぐように声を振りしぼった。

「ずるいよ……。優しすぎるんだよ、蓮は……」

すると蓮が苦笑するように、眉をさげて笑った。

「優しさなんて知らなかった俺に、花が優しさをくれたんだろ」

「……っ」

ああ、やっぱり嫌だ。

蓮に未来がないなんて、そんなのたえられない。

「お願い、蓮……。手術を受けてほしい」

「え？」

もといた世界の蓮は、手術を受けずに亡くなった。

でも、今この時間にいる蓮には、手術を受ける道がある。

「こんなの勝手でワガママだってわかってる。でも、まだ間に合うならあきらめてほしくないの」

だけど蓮は目を伏せたまま、あきらめの色に染まった声でつぶやいた。

「手術の成功率は、二〇%しかねぇんだよ」

「二〇%はあるんだよ。二〇%可能性があるなら、お願い、あきらめないで……」

「でも、手術をするためには、他県の病院に入院しなきゃならない。そんな賭けに出るくらいなら、俺は最期まで花を――」

「私はもう、大丈夫だよ」

蓮の言葉をさえぎり、まっすぐに蓮を見つめる。

揺らめく視界の中で、その姿だけは見のがすまいと。私の決意が蓮に届くようにと。

「花……」

「手術をしない理由が私にあるなら、私のことは心配しないで。蓮が離れていても、私、くじけたりしないよ。蓮がもといた世界の私とは、違う。蓮がたくさん勇気をくれたから。背中を押してくれたから」

未来で選んだ〝一緒に死ぬ〟じゃなくて、今は〝一緒に生きる〟道を選びたい。

「蓮が教えてくれたんだよ、前を向いて生きるっていうことを。だから蓮も、希望を捨てないで。私、待ってるよ、ずっとずっと蓮のこと。だから……」

そこで、ずっとこらえていた涙が、もう我慢できなくなったというように両目から一粒ずつこぼれた。

「絶対死なないで。一緒に生きるって約束して……っ」

感情的にならないように努めていたのに、もう限界だった。

涙腺は一度決壊したら、もうコントロールがきかなくなって。

次から次へとこぼれる涙を必死にぬぐっていると、不意に蓮の手が伸びてきて、私の手首をつかんだ。

そして代わりに、頬を伝う涙をぬぐわれる。

「悪い。また泣かせちゃったな」

「ううん……」

その手はとても温かくて、蓮はここにいるんだってことを実感する。

蓮が、まっすぐに私を見つめた。

「花。帰ってこられるって、信じていてくれるか？」

心の奥に問いかけてくるような、蓮の声。

答えは、そんなの最初から決まってる。

「うん。信じる、信じるよ」

すると、眉と目尻をさげ、蓮が笑った。

「そっか。花が信じていてくれたら、なんか無敵になれる気がする」

「蓮……」

「なぁ、花」

「ん……？」

涙でうるむ瞳で見あげると、蓮が目を細め、私の頬を両の手で包みこみながらひと文字ひと文字を慈しむように紡いだ。

「ありがとな」

——最後の最後まで、〝生きたい〟そう思わせてくれて。

届いた君へのメッセージ

他県の病院に入院するため、蓮が旅立つ日がやって来た。

病院に行く前に、私は蓮とあの丘で待ち合わせをしていた。

予定よりも家を出るのが遅くなってしまい、急いで丘に向かって走る私。

すると、横たわった大木に腰かけている蓮の姿を見つけた。

「おまたせ……っ」

駆けながら、そう声をあげると、私の姿を認めた蓮が立ちあがった。

案の定、不機嫌極まりない表情で。

「おせぇよ。待ちくたびれたんだけど」

「わ、ごめん」

怒られたっていうのに、相変わらずな蓮の態度に妙にほっとしてしまう。

「蓮に会いに行くって言ったら、お父さんとお母さんに呼び止められちゃって。ふたりとも『蓮くんによろしく』って言ってたよ」

手術のことは言っていないけど、ふたりとも蓮のことは気にかけているみたいで。

お父さんとお母さんの話を出すと、蓮はふっと表情をゆるめた。

「家族と、うまくいってるんだな」

「うんっ」

うなずき、笑ってみせる。

こうして笑えるようになったのは、全部蓮のおかげ。

「つーか花、寒そう」

不意に蓮がそうつぶやいたかと思うと、次の瞬間首に、温もりが落ちてきた。

蓮の甘い香りが、鼻孔《びこう》をくすぐる。

見れば、蓮が巻いていた白いマフラーが私の首にかけられていて。

「このマフラー使えよ。これ、やるから」

「え、でも……」

私の戸惑いなんて気に留めず、蓮の視線はただマフラーに落とされている。

真剣な表情で、マフラーをひと重、ふた重と巻きつけてくれていて。

「ったく、寒がりのくせに、無防備で外出てきてんじゃねぇよ」

「……っ」

寒がりのことまで、知ってくれてるなんて。なにからなにまで、蓮にはお見通しだ。

いつだって不器用の裏に隠した優しさが、温かくて。

マフラーを巻き終えると、蓮が微笑んだ。

「ん。これで寒くねぇだろ」

「うん」

マフラーに顔を埋め、私はうなずく。

自然とこぼれた笑みが、目を細めさせる。

「蓮、ありがとう。蓮のおかげであったかいよ、とっても」

蓮の甘い香りを残すマフラーが愛おしくて、両手でぎゅっとつかむ。

すると、不意に蓮の手が伸びてきて、私の頭を乱暴に撫でた。

「おまじないかけておいたから」

「おまじない？」

「寒がりな花が、風邪引きませんようにって」

「蓮……」

その時、遠くからエンジン音が聞こえたかと思うと、数メートル先に一台の車が停まった。

「蓮、もうそろそろ行くぞ」

窓を開けて運転席からこちらに呼びかけたのは、遠くてよく見えないけど、きっと蓮のお父さんだ。

「わかった」

蓮はそちらに返事をし、そしてもう一度私の方に向き直った。

「じゃ、行ってくる」

「うん」

あふれそうになるものをこらえ、なんとか声を振りしぼって返事をする。

ここで泣いちゃダメだ。

泣いたら、心配させちゃう。蓮は人一倍心配性だもんね。

蓮の瞳に映る景色が、一秒でも長く、少しでも温かいものであってほしい。

その瞳を悲しい色に染めたくないから。

衝動的に込みあげてくる感情をぐっと抑えこみ、そして。

感謝の気持ちも、蓮に出会えた喜びも、蓮が未来から来て果たせたことも、その全部が伝わるような笑顔を浮かべて、言った。

「いってらっしゃい」


そして、蓮はお父さんの運転する車に乗っていってしまった。

シンと静けさがあたりを包み、丘の上、私はひとりになる。

行っちゃっ、た……。

そう実感したとたんふっと力が抜けて、思わずその場に座りこむ。

ひとりになると、野ざらしになったかのような無防備な心に不安の波が押しよせる。

信じるって言った。でも、本当はやっぱり怖い。

もう会えなかったら、どうしよう。

押しこめたはずの負の感情がむくりと芽を出し、座りこんだまま動けないでいた、その時。

ピロロン、ピロロン、と続けざまにスマホの着信音が鳴った。

何通もメッセージがきているのか、着信音は鳴りやまない。

力なくポケットからスマホを取り出し、メッセージアプリを開けば、トーク画面の最上部に『向坂蓮』の文字が表示されていて。

その瞬間、鼓動が速まるのを感じた。

全部、蓮からの？

考えるよりも先に指が動き、私は蓮からのメッセージを開いていた。

花へ
きっと、突然大量にメッセージが届いて驚いてるよな。
実は俺、未来で花がスマホのメモに書きためてた文に、タイムリープしてからちょこちょこ返事を書いてたんだ。

もといた世界の花は俺にメモを送ってくれたのに、それに返信してやることができなかったから。

それをずっとメモにしまって、自分の中に留めておくつもりだったけど、やっぱり全部送ることにした。花に伝えたいことが伝えきれてねぇから。


「蓮……」

返事、書いてくれたんだ。

今の私には消せたけど、蓮がもといた世界の私には消せなかったメモ。

私は意を決して、そのメッセージを開き、視線を走らせた。


もう、生きていたくない。


ずっと、花が俺の生きる理由だった。

だから俺は花が笑う理由になりたい。

こうして一年前にタイムリープできたのだから、花のために一年生きる。

花を笑顔にできるなら、なんだってしてやる。

今日もひとりぼっち。

放課後になれば、蓮と会えるけど、クラス違うからさみしい。つらい。


花、友達ができてよかったな。

一歩踏み出したから、できた友達。

花がひかるのことを救ってやったんだ。

友達っていう、なににも代え難い存在をその手でつかんだ花はもう、ひとりになんかならねぇよ。


家に帰りたくない。


家族とうまくいってなかったんだな。

もといた世界では、気づいてやれなくてごめん。

でも、花。

花は声を出せるようになった。

殻を破って、自分の声で自分の思い、ちゃんと伝えられた。

あの時の花、すっげぇかっこよかったよ。


放課後、ほかのクラスメイトみたいに、海とか緑の山公園に行って遊びたい。

クラスメイトが遊びの計画立てていると、中学の頃に仲間はずれにされていたことを思い出しちゃう。

新しくできたプラネタリウムには、星を教えてくれたコウくんといつか行きたいな。


もといた世界では出会う時期が遅かったから、病気が進行していたせいで連れていってやれなくてごめん。

でも、こっちの世界では海と緑の山公園に連れていってやれてよかった。

楽しかったなー。

俺、緑の山公園で撮った写真、机に飾《かざ》って宝物にしてるんだからな。

花にはぜってぇ言ってやらねぇけど。

プラネタリウム、月島に連れていってもらえよ。

俺じゃあ星とか詳しくねぇからな。笑

コウくんは今、どこにいるんだろう。
ラブレターを、なぜか処分できないままでいる。

観覧車で、突きはなしたりしてごめん。
でも、背中を押してやることしか俺にはできねぇから。
月島と再会できてよかったな。
絶対、会わせてやりたかった。
俺は花が笑っていられるなら、それで十分だ。
花の幸せが、俺の幸せだから。
せめて、花の幸せの道を開けてやれていればいい。
約束。誰より幸せになれよ、花。

私は弱い。

強くなりたいのに、なれない。


そんなことねぇよ、花。

今日、足をケガした俺を『蓮が大変な時は、私が助けたい』って言って、支えて歩いてくれたよな。

もう花は、俺がいなくても大丈夫。

ひとりで立っていられる。


蓮が最近学校に来ない。

いなくなったりしないよね?

そんな怖い想像ばかりしちゃう。

もしも蓮がいなくなったら、私はどうすればいいんだろう。

またひとりぼっちだ。

ひとりにしないで、蓮。

いなくならないで、蓮。

蓮、蓮、蓮、蓮、蓮。

花。俺は花と出会えて幸せだった。
俺に生きる意味をくれたのは、たくさんの感情を教えてくれたのは、花だった。
いつ死んでもいい、そう思ってた俺が、もっと生きてみたくなった。
花の笑顔を隣でずっと見ていたい、そう思った。
まわりも照らしちゃうくらい、花の笑顔ってまぶしいんだよ。
だから、笑ってろ。
花の笑顔は最高だから。
明日はなにしようかと花が考える、そんな未来がくればいい。
花の未来が、花にとって優しいものでありますように。
花が笑って明日をむかえられますように。
ずっと、願ってるから。
花、がんばれがんばれ。
負けんな負けんな。
花なら大丈夫。

花は気づいてねぇだろうけど、花の眼差し変わった。

あんなにこわれそうだった花の背中が、泣きそうになるくらい頼もしくなったんだよ。

花。

強くなったな。


ポタポタと涙が画面の上に落ちた。

「蓮、蓮……」

メッセージに込められた思いが私の胸に迫ってきて、蓮への気持ちがあふれるように涙が流れる。

こんなにも、優しい思いで見つめてくれていたんだね。

こんなにも、大切に思っていてくれたんだね。

蓮の優しさに触れるたび、真っ暗に見えていたこの世界には、愛があふれていることを知るんだ。

私が、弱くなってる場合じゃないね。だって蓮が強さをくれたんだから。

わかった。笑って待ってるよ、私。

私はスマホを胸に抱きしめた。

そして、蓮の姿を頭の中に思いえがく。
届くかな、蓮に。
届いてますか、蓮。
私も、ずっと想っているよ……。
頬を流れる涙を、さっと吹きぬけた風が乾かした。

未来へ

どうか、どこまでも続くこの空の下のどこかで、君が笑っていますように。

今日も明日もずっとずっと祈っているよ――。


月日は流れ、桜が咲きほこる四月。

私は放課後いつものように、あの丘へ来ていた。

丘にそびえる一本の大きな桜は、見事に満開だ。

まぶしいくらいのピンクに染まりながら横たわった大木に腰かけていると、突然電話が鳴った。

ディスプレイには『森永ひかる』の文字。

「もしもし、ひかるちゃん？」

『やっほー！　花ちん学校ぶりっ』

電話の向こうから聞こえてくる元気なひかるちゃんの声に、自然と頬がゆるむ。

高校三年生に進級し行われたクラス替えでは、残念なことにひかるちゃんと別のクラスになってしまった。

だから私のクラスには、話したことがない子ばかり。

それでも、今までみたいに誰にも話しかけられず、教室でひとりぼっちになるということはなかった。

殻に閉じこもっていないで、自分から話しかけられるようになったから。

一年前のクラス替えの時とは大違い。

移動教室の時には、女子のグループに『一緒に行ってもいい？』って聞けるようになったし、隣の席の子にも自分から話せるようになった。

『第一印象とだいぶ変わったよね、花ちんって。壁がなくなったっていうか。表情が明るいっていうか！』

ついこの間、ひかるちゃんにもそう言われた。

でも、クラスの女子と話せるようになったとはいえ、ひかるちゃんが一番の仲よしということに変わりはない。

やっぱり一緒にいると落ち着くし、ひかるちゃんにはなんでも話せるから。

「どうしたの？　急に電話なんて」

『今ね、通ってた中学校にシノと遊びに来てるんだけどさ、シノが飲み物買いに行っちゃったから、花ちんに電話してみた！』

「へー、楽しそうだね！　やっぱりなつかしい？」

『すっごくなつかしいよ～！　今度は花ちんのことも、連れてきたいなぁ』

「うん、私も行きたい」

『うわーい！　やった～！　約束ねっ‼　あっ、そうそう、そういえば、中学校に来る途中コウくんさんを見かけたよ』

「えっ？　コウくん？」

「うん。たくさん本持って、図書館から出てきたところだったんだけどね、なんか前会った時よりすっごくキラキラしてた！」

『そっか……』

コウくんとはあれからふたりで会うことはないものの、たまにメッセージのやりとりをしている。

コウくんは、理科の先生になるために、毎日がんばっているらしい。

私とコウくんは、あれからぎくしゃくすることなく、いい関係を築けていた。

そうなれたのも、コウくんの優しさがあってこそだよね。

そんなことを考えていると、電話の向こうでひかるちゃんがひと際大きい声をあげた。

『あ！　シノ帰ってきた！』

「それじゃあ、久しぶりの中学校、楽しんできてね」

『ありがとー、花ちんっ。また学校でね！』

ひかるちゃんとの通話が切れると、私はスマホをポケットにしまい、頭上に広がる空を見あげた。

みんな、それぞれの道を歩いている。

……だけど、やっぱり足りないね。ひとつだけ欠けた、大きな大きなピースが。

今日は、四月七日。

ちょうど一年前、君とここで出会った。ううん、君が未来から出会いに来てくれた。

あれから一年。私はここでずっと君の帰りを待っている。

私はポケットから懐中時計を取り出した。

蓮に返しそびれていた、この時計。

上蓋を開けば、もうすぐすべての針が「０」を指すところで。

蓮が入院するため旅立ってから、音信不通になってしまった。だから今私にできるのは、祈ることだけ。

どうか、どうか蓮の時が止まりませんように――。

ポケットに懐中時計をしまい、祈るように手を組んで、ぎゅっと目をつむる。

お願い、蓮に未来がありますように。

蓮――。

そしてついに、カチッと「0」を指す針の音が聞こえた。と、その時だった。

「――ただいま、花」

背後から聞こえてきた、私の名前を呼ぶ、あの低くて透明な声。

ずっと、待っていた声。

さぁっと風が吹き、桜の花びらが降りそそいだ。

振り返った刹那、目の前のその姿は涙のフィルターがかかって、揺らいで見えた。

「蓮……」

やわらかく微笑む蓮が、目の前に立っている。

嘘……。蓮……？

目の前に蓮がいることが信じられず、動けないでいる私に、蓮が歩みよる。

「今日こっちに戻ってきてさ。ここに来れば花がいる気がした」

「蓮……」

「花、俺生きてるよ。花がいたから、今ここに立ってる」

蓮の手が、私の頭をぽんぽんと撫でた。

懐かしい手。何度も温もりをくれた手を、私はよく覚えている。

あぁ蓮だ……。実感するとともに、ジワジワと涙が込みあげてくる。

「蓮、おかえり……っ」

「たくさん待たせて、ごめんな」

蓮の言葉に、私はふるふると首を横に振る。

「蓮は、絶対に帰ってきてくれるって信じてたから、私がんばったよ……」

唇がふるえ、やがてそれは声をふるわせ、限界を超えてぽろぽろと涙がこぼれ落ちた。

あぁ、ダメだ。

「ごめん、ちゃんと気持ち伝えるまでは泣かないって決めてたのに……。蓮、好き……。好きだよ……」

「花……」

こんなにも、好きだよ、蓮。

思いと一緒にあふれでる涙が頬を濡らす。

「でも、花には月島が……」

「ううん。いつの間にか私の心も記憶も、蓮でいっぱいだった……」

と、次の瞬間。泣いている私の体を蓮が抱きよせた。

「れ、ん」

温かくて力強い蓮に包まれ、また涙がにじむ。

しゃくり上げる私の頭に、蓮の手が添えられた。

「花」

耳もとで奏でられる、私の名前。

「お前が好きだ、花」

「……っ」

「もといた世界から今までずっと、片思いだって思ってたのに。花を好きでいられる時間があるなら、気持ちが通じあわなくったってかまわねぇって思ってたのに」

蓮が、私を抱きしめる力を強めた。

「ばか、花」

蓮の声がかすれていた。

嘘……。蓮も思っていてくれたなんて。

心がふるえて、体中が熱くなる。

「本当はずっと、俺が隣にいて、俺が花を幸せにしてやりたいって思ってた」

「蓮……」

そっと体が離れたかと思うと、蓮の大きな手が私の頬を包みこんだ。

そしてまっすぐな瞳で、私を見すえる。

「なぁ、花。ずっと、花に黙っていたことがある」

「なに？」

涙でうるんだ瞳で、私も蓮を見つめ返した。

すると、蓮が優しい微笑みを口に乗せた。

そして、形のいい唇を静かに開く。

「俺の初恋は、五歳の時。初恋相手は、高台の上に住んでる子だった」

胸の奥で、とくん、となにかが揺らめいた。

『高台に住んでる子』

前に、そう呼ばれたことがある。

もしかして……。私はハッとして、目を見ひらいた。

それに応えるように、蓮が言葉を継いだ。

「俺は昔、シノと同じように、あだ名でコウって呼ばれてた」

「……っ」

思わず息をのむ。

頭の中で、すべてのパズルのすべてのピースがはまった。

走馬灯のように、初恋のあの日のことが頭の中を流れる。

そして、シノくんに出会った日のこと。

篠坂だから、名字の頭を取ってあだ名はシノ。それを聞いた時、たしかに胸の奥で感じた違和感。

「コウ……」

初恋相手の名前は、向坂蓮の〝コウ〟だったんだ。

「小学校も中学校も別だったけど、もといた世界で再会して、すぐに気づいた。花があの高台に住んでる子だって」

あの時私を助けてくれたのが、蓮だったなんて……。

「花の初恋相手が月島じゃなくて俺だってこと、タイムリープしてから花に聞いて、すげぇうれしかった。花の初恋の相手は月島で、俺のことなんて忘れてると思ってたから」

「蓮」

「あの時、俺の背中に必死にしがみつくこいつを、俺が絶対守ろうって思った。だけど再会できた時には俺は病気で。だからタイムリープしてからは、月島との恋を手助けするようにした。それが花の幸せになる道だと思ったから。でも本当は出会ってからずっと、花が月島を思っている時も、月島との仲を取りもつ時も、花のことが好きだった」

「ふ、うぅ……っ」

知らされる蓮の思いに胸が揺さぶられ、嗚咽が漏れる。

初恋は、君だったんだね、蓮。
あの日から、蓮は何度も私のことを助けてくれていたんだ……。
つらい思いをさせてごめんね。でも、想っていてくれてありがとう。
蓮が親指でそっと、私の頬を伝う涙をぬぐった。
視線を上げれば、蓮が笑っていて。
「泣くなよ、ばか。笑顔、見せてくれよ俺に」
蓮……。
私はひとつ鼻をすすり、そして。
目を細め、口の両端を上げた。
「へへ……」
こんな涙でぐちょぐちょな笑顔、大失敗かもしれない。
でも、蓮が望むなら何度だって笑うよ。
「その笑顔が、なにより大好きだ」
頬を包んでいた蓮の指が、まぶたに触れる。唇に触れる。
愛おしいものに触れるように、慈しむように。
まるで、私のすべてをその目に焼きつけるように。
蓮の瞳がうるんでいるのを初めて見た。

とても、とても、きれいだと思った。

そんな瞳に、私が映っているなんて、どれだけ幸せなことだろうね。

「花、愛してる。この世界の誰よりも」

蓮が、泣きそうになるくらい幸せで温かい言葉を紡ぐ。

「私もだよ、蓮……」

そして——どちらからともなく顔が近づき、私たちの距離はゼロになった。

愛おしさがぶつかりあうように、唇が重なった。

温かくて優しくて、気持ちがやっとつながったのだと実感し、またひと筋の涙が頬を伝った。

やがて唇が離れると、蓮が額を私の額に重ねた。

蓮の熱が、私の額を通して体中に伝わってくる。

至近距離で瞳が交じりあい、私たちは微笑みあった。

優しい時間が私たちの間に流れる。

「花」

不意に、蓮が私の名前を呼んだ。

「ん?」

「もう命令はしないって言ったけど、ひとつだけ命令」

そしてまっすぐに私の瞳を捉え、ひと呼吸置いて口を開いた。

「俺の隣で幸せになること」

「蓮……」

——蓮と出会って、世界が変わった。

蓮がいろんな景色を見せてくれた。

蓮との思い出、蓮が教えてくれたこと、全部全部、私の宝物。

愛している人。

そしてこれからもずっと、愛していく人。

いつだって、三六五日、ありったけの愛で想うから。

幸せがあふれて、私は目をうるませながらも微笑んだ。

答えは、ひとつ。

「もちろんだよ、蓮」

ポケットの中からは、カチ、カチ、と懐中時計が蓮の新たな時を刻む音が聞こえていた。


——ずっと、ひとりぼっちだと思っていた。

でも、それは違ったね。

手を伸ばせば、その手を握ってくれる人はいた。
私はもうひとりぼっちじゃない。
君がくれたつながりがある。
これから先、くじけそうになったり、あきらめそうになることもあるかもしれない。
でも、私は今日も前を向くよ。
今日を生きていく。
まだ見ぬ未来に進むことは、おびえることじゃないって君が教えてくれたから。
明るく見えるようになった景色に、私は今日も一歩を踏み出す。

Ｆｉｎ

あとがき

初めまして、そしてこんにちは！　ＳＥＬＥＮです。

この度は、『３６５日、君をずっと想うから。』をお手に取ってくださり、本当にありがとうございます！


今回、書籍化にあたり、サイトとは異なるラストを書き下ろしました。書籍版の花と蓮の物語は、いかがだったでしょうか……！

今作は前作と同様、男子に秘密があるという設定です。不器用ながら実は一途な蓮に、一ミリでもキュンとしてもらえたなら幸せです♪

一見正反対の花と蓮ですが、お互いがお互いの生きがいになる、そんな関係って理想的だなと思いながら、ふたりを書きました。物語序盤の花は、積極的に行動することを恐れる子でした。でも蓮との出会いを通じて成長し、人のために自分から行動を起こすことができるようになります。大切な人に自分の気持ちを伝えることがいかに大切か、この作品を書く中で私自身も改めて考えさせられたような気がします。

余談ですが、蓮と光輝の書き分けも意識したりしました。いくつかの箇所でふたりを対比させて書いているんです。花と出会った時、花に触れた蓮と触れられなかった光輝……など、そんなところにも注目していただけたら嬉しいです！

また、今作は新レーベル・野いちご文庫創刊のラインナップに加えていただいての書籍化となりました。私なんかの作品でいいのかととても恐縮でしたが、その分少しでも楽しんでいただけるような書籍になるようにとの心意気で、編集作業に取り組みました。このような貴重な機会をいただけたのも、応援してくださったり感想をくださった読者様のおかげです。本当にありがとうございます！

最後になりましたが、書籍化に伴い多くの方にご尽力いただきました。スターツ出版の皆さま。担当編集者の飯野さま。編集の佐々木さま。イラストを描いてくださった、雨宮さま。デザイナーさま。感謝してもしきれません。本当に本当にありがとうございました。

そして、読んでくださったあなたに、心から感謝を送ります。

二〇一七年三月二十五日　SELEN

この物語はフィクションです。実在の人物、団体等とは一切関係がありません。

物語の中に、一部、法に反する事柄の記述がありますが、このような行為を行ってはいけません。

SELEN先生への
ファンレター宛先

〒104-0031　東京都中央区京橋1-3-1　八重洲口大栄ビル7F
スターツ出版（株）書籍編集部気付　SELEN先生

365日、君をずっと想うから。

2017年3月25日　初版第1刷発行
2020年4月1日　　　第4刷発行

著　者　SELEN　©SELEN 2017

発行人　菊地修一

イラスト　雨宮うり

デザイン　齋藤知恵子

DTP　朝日メディアインターナショナル株式会社

編集　飯野理美
佐々木かづ

発行所　スターツ出版株式会社
〒104-0031
東京都中央区京橋1-3-1 八重洲口大栄ビル7F
出版マーケティンググループ TEL 03-6202-0386
（ご注文等に関するお問い合わせ）
https://starts-pub.jp/

印刷所　共同印刷株式会社
Printed in Japan

ISBN 978-4-8137-0229-0　C0193

ISBN978-4-8137-0190-3